おとぎの国の科学

瀬名秀明

晶文社

ブックデザイン◆柳川貴代
カバー写真◆鈴木秀ヲ

はじめに

先日、湯川秀樹のエッセイ集『目に見えないもの』を読んだ。ひょっとしたらそれまでにも教科書や試験問題などで接したことはあるかもしれないが、きちんと一冊の本として湯川秀樹を読むのは初めてだった。

この本は戦後まもない頃に出版され、科学者を目指す若者たちに強い影響を与えたらしい。第一部は一般向けの量子物理学の解説、第二部は回想録、そして第三部は折に触れて書かれた雑記や書評となっている。途中で気づいた。この本を書いた頃の湯川は、いまの私より数年若いのである。やや気負って読み始めていたのだが、その事実を知ってからはふっと肩の力が抜けた。そして、いまの自分にこのような文章が書けるだろうかと考えながら読み進めた。

特に第二部の「ガラス細工」や「二人の父」がいい。私も物理の実習のとき、ガラス管をガスバーナーで熱して器具をつくり上げたことを思い出す。同じテーマを与えられて、自分ならどのように書くだろうかと考えた。湯川のエッセイの初出媒体を知りたいと思った。これらは新聞に書かれたのだろうか、それとも何かの学会誌の埋め草だったのだろうか。

第三部の「目と手と心」という短文にも心を惹かれた。自然の造物者の心を知る手段は科学であり、ものを知るには目が必要である。見えないものを見るために、人は自らの手で機械をつくる。その機械の背後には目に見えない自然力があるのだ、と伝える文章が美しい。この世界観が本のタイトルになっている。そして量子力学の世界では、見ることが多くの可能性の中からひとつを選び出すことを意味する。この重層性が湯川秀樹の文章の奥行きとなっているのだと感じた。

小説を発表するようになってから、エッセイの依頼もいただくようになった。『パラサイト・イヴ』を刊行したのが一九九五年のことだから、もう十年以上が過ぎてしまったことになる。『パラサイト・イヴ』を書いていたときは大学院薬学研究科の学生で、小説を書くことは純粋な娯楽だった。ところがいまは小説家としての日常エッセイより、科学をテーマにした発言を求められることが多くなっている。

このエッセイ集をまとめるために十年分のエッセイをひっくり返してみたのだが、自分の身辺をほとんど語ってこなかったことに気づいた。与えられたテーマに沿ってきた結果だろうが、そう考えるに至った自分の時間を無意識のうちに文章から排除してしまっていたのだと思う。日常の出来事より意見のほうが大切だと考えてしまうのかもしれない。

それでも読み返してゆくと、ごくわずかではあるが自分の時間が閉じ込められているものが見つかる。本書はこれまでの仕事の中から企画記事や論文、書評原稿などをあえて省き、そういった「雑記」を拾い上げてまとめたものだ。自分の書いたものなのに、原稿を見つけ出し、取捨選択するのには少し時間がかかった。それはどこか自分が知っていたはずのものを捨て、一方でこれまで目に見えなかったもの、自分でも気づかなかったものを探り当てるような作業だった。自分の世界観を遡《さかのぼ》って確認するような感じでもあった。

本書は私にとって初めてのエッセイ集である。十年前といまとではずいぶん文章も変わった。いまでも私はエッセイが苦手だ。わずか数枚の依頼に悩むこともしばしばで、小説を書くほうがよっぽど速く筆が進む。

しかし小説を書き続けていなければ、こうしてエッセイ集を編む機会などなかっただろう。エッセイを書くことで小説のテーマを深めてゆくこともできなかったはずだ。

私は物語も科学も好きだ。無条件で好きかといわれれば、よくわからない。ただ、エッセイを書くことで、なぜ好きなのか、という問いに、少しずつ近づけるような気がする。だからエッセイとは、まなざしの確認なのだ。目の表情は、身体を必要とする。小難しい科学がテーマであっても、どこかでその感覚が読者の皆様にも伝わると嬉しい。

瀬名秀明

おとぎの国の科学

目次

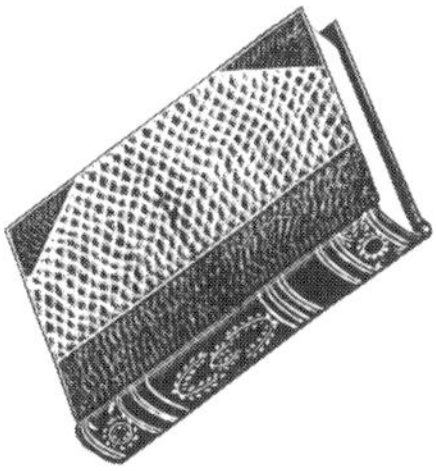

5章　空が広がり、雲が流れる

1章 科学について考える

脳科学やロボットについてなど、科学分野のテーマを与えられて書いたものの中から、比較的長文のエッセイを選んだ。そのときどきに発表した小説の内容とリンクしているものが多い。「次世紀の脳科学を考える」は四週にわたって新聞に連載されたもので、ちょうど長篇『BRAIN VALLEY』の刊行直前の時期だったが、読者からの反響もあり、手応えを感じていた。

この中でもっとも苦労して書いたのは、最後の「社会を信ずるロボット、科学を信ずるヒト」である。しかし私がここ数年考え続けてきたことをある程度まで纏《まと》めることができて、それなりの内容になったのではないかと思っている。

「アトムは03年4月7日に生まれた」は後に英訳され、「Japan Echo」誌に転載された。

次世紀の脳科学を考える

1、超常現象に隠されたもの

あなたの親しい友人が交通事故に遭ったとする。幸いにして一命は取り留めたが、あなたが見舞いに行くと、その友人は「天国を見た」と真顔で訴えてきた。救急治療室で手当てを受けている際、魂となって浮かび上がり、抜け殻の自分を見下ろしたのだという。その後、光のトンネルを通って花畑のようなところに行くと、そこには死んだはずの両親や「神様」がおり、さまざまな啓示を授《さず》けてくれた。ところが不意に後ろから誰かが呼ぶのが聞こえ、気がつくと自分の肉体に戻っていた……。

あなたはこの話を聞いてどう思うだろうか。おそらく当惑し、そして注意深く、夢を見たんじゃないのか、と尋ねてみることだろう。ところがあなたの予想に反して、友人は強い口調で答える。「絶対に夢ではない。この現実よりもリアルな体験だった」

このような体験のことを「臨死体験」と呼ぶ。私はこれから脳科学の話をしようとしているのだが、その冒頭に臨死体験を持ってきたのには理由がある。このような超常的な体験談には報告者が嘘つきでない限り、大まかにいって二通りの解釈しかあり得ないからだ。すなわち、報告を事実と認めるか、そうでなければ報告者の脳が作り上げた極めてリアルな幻覚だと考えるか、である。

もうひとつ興味深い現象を紹介したい。ここ十年ほどアメリカで大きな話題となっている「エイリアン・アブダクション」である。ベッドで寝ているときや夜中に車でドライブをしているときに宇宙人がやってきて、宇宙船の中に連れて行かれ、身体検査を受けたり、体の中に通信機を埋め込まれたりするという一連の誘拐体験のことを指す。体験者たちは、たいていの場合、自分がそのような目にあったことを覚えていない。なぜか暗闇に恐怖を感じたり、クローゼットの中に何かがいるといった妄想にとらわれたりしているうちに、二時間ほど記憶を欠落していることに気づく。彼らは不安を解消するためにセラピストを訪れ、催眠退行によって失われた記憶を取り戻そうとする。そして前述したような体験を思い出すのである。日本ではほとんど報告例がないため、あるいは海外の作家が作り上げたフィクションだと思われるかもしれないが、ある試算では実に数十万人から数百万人のアメリカ人が何らかのアブダクション体験をしているという結果も出ている。にわかには信じられない数字だが、結局ここでも、事実か幻覚かという二通りの解釈がぶつかりあう。

さて、これらふたつの体験は、一見なんの繋がりもないように思える。しかし一九九〇年に、コネチカット大学のケネス・リングらが、両者の骨格に多くの共通点が存在することを見出した。

いずれの体験者も光に満ちた世界（部屋）に行き、超常的な人物と出会い、そして帰還後に何らかの人格変容をあらわすのである。ただし臨死体験は主として臨死時に起こり、ポジティヴな変容を与えるのに対し、アブダクション体験は生命の危険性がないときに生じ、ネガティヴな精神変容を引き起こす点が大きく異なっている。リングは体験者たちからアンケート調査をおこない、これらの出来事を体験しやすい共通したパーソナリティが存在する可能性まで示してみせた。

現在、多くの研究者は、これらの体験が脳によって作られる幻覚であると考えている。おそらくこれらの体験は、幻覚が発生するきっかけと最終的に人格に及ぼす影響が異なるだけで、基本的には同様のメカニズムで成り立っているのだろう。ただしこの問題について、「これらの体験者は脳に疾患を持っている、従って治療しなくてはならない」という短絡的な方向に議論を進めたくはない。私がここで注目したいのは、体験者の多くが、極めてリアルだったと主張している点である。なぜ彼らはリアリティを感じたのだろうか。リアリティを感じるとは、換言すれば「信じる」ということである。私たちにとって信じるとは何か。どうやって私たちは「信じる」と「信じない」を区別しているのだろうか。

このように、たとえオカルト的な問題であっても、先入観を捨て、事実と虚構を丹念に見分け、核となる現象を抽出し、それらを冷静に比較・分類すれば、エキサイティングな科学のテーマを浮かび上がらせることができる。次世紀脳科学でキーとなる言葉は、おそらくこの「リアリティ」だろう。リアリティについて考えるとき、私たちは脳科学と人文社会科学が交差していることに気づく。宗教や文学が、そして工学や認知科学、医学、薬学が、さらにこれまで科学の対象とならなかった超常現象までもが、このキーワードのもとに集まってくるのがわかる。

残念ながら、現在の私たちはまだリアリティの問題を充分に解明することができない。しかし、一歩ずつではあるが前進している。

2、リアリティという名の幻覚

テンポのよい曲を聴くと自然に体が踊り出す。単調な話を聴いていると眠くなる。私たちはこのように、外界からの刺激によって容易に精神状態が変化することを知っている。私たちはむしろこの効果を日常生活の中で積極的に利用し、ハーブの匂《にお》いで安らかな気持ちを取り戻したり、歌手の力強い歌声を聴くことで自らを鼓舞したりしている。

この作業を極限にまで進めたのがシャーマニズムだといえるかもしれない。シャーマンたちは、ときに音楽や薬物の助けを借りながら、自発的に己の精神を変容させ、神の世界へと飛翔《ひしょう》する。そしてその「能力」を、自分自身への、あるいは周りにいる同族への「癒《いや》し」に用いるのである。

前回、「臨死体験」や宇宙人に誘拐されるという「エイリアン・アブダクション」体験が脳の作る幻覚なのではないかという話をした。シャーマンたちの見るビジョンは、死と再生、そして光のイメージに溢《あふ》れており、その骨格は臨死体験と非常によく似ている。またアブダクション体験の中には途中で宇宙人が「神」にすり変わってしまうものも少なくない。
どうやらこれらの超常体験は、いずれも「神」を見るという宗教体験として一括《くく》りにできそうである。シャーマンたちは自らの意志によって、そして臨死体験者やアブダクション体験者は不可抗力的に、この宗教体験へと入ってゆく。このとき彼らの脳の中では何が起こっているのだろうか。

フェンシクリジン（ＰＣＰ）と呼ばれる薬物がある。もともとは麻酔薬として一九五〇年代に合成されたものだが、患者に強い精神変容を引き起こすことがすぐに判明し、ヒトへの投与は中止された。しかし、この薬物は現在でも「エンジェル・ダスト」という俗名でアンダーグラウンドに出回っている。このＰＣＰや、その構造類似体であるケタミンがもたらす幻覚は、ときとして臨死体験によく似ているという。これらの物質が精神に作用するのは、神経細胞にＰＣＰ受容体が存在しているからである。では、なぜ脳にはそのような受容体があるのだろうか。ＰＣＰは人工的に作られた薬物である。

植物から抽出されるモルヒネが脳で作用することを思い出していただきたい。もともと脳の中にはモルヒネに類似した生理活性物質が存在しており、その物質に結合する受容体も神経細胞に備わっている。モルヒネはたまたまこの受容体に結合するような構造をしていたため、鎮痛効果を生み出すのである。このことをＰＣＰとその受容体にあてはめてみよう。もともと私たちの脳には「ＰＣＰによく似た生理活性物質」が存在しており、何らかの作用を発現していると考えられる。

どうやら私たちは、ようやく超常体験を神経生理学という科学の分野で語ることができそうだ。多くの研究者がこの未知の物質を探索しているのだが、残念ながら、いままで同定したという報告はない。しかし私は、この物質が超常現象の鍵《かぎ》であろうと考えている。興味深いことに、PCP受容体は記憶の形成に深く関わるグルタミン酸受容体と親類関係にあるのではないかといわれている。これは臨死体験のとき過去の記憶が走馬灯のように蘇《よみがえ》ることと関係がありそうである。しかも、脳が虚血《きょけつ》に陥ったとき、神経細胞にダメージを与える原因のひとつとして考えられているのがグルタミン酸なのである。

臨死時には脳が虚血状態になっていると考えられる。この虚血によるダメージを防ぐために、いまわの際にはPCPに類似した生理活性物質が誘導されるのかもしれない。また、臨死時以外の時でも宗教的な体験をするのは、急激な虚血が発生したからだと想像することもできる。シャーマンたちは自らの脳をある程度コントロールし、これらの反応を意図的に呼び起こす術を体得しているのだろう。

私は、神経生理学を専門としている研究者たちが超常体験にあまり関心を抱かないことを残念に思っている。確かに幻覚という問題は、テーマとしてあまりに巨大であり、学問の対象として見なされるようになってからまだ一世紀しか経《た》っていない。しかし分子生物学の手法が浸透し、高次脳機能をある程度まで観察できるようになったいま、超常体験という魅力的な題材は脳科学に大きなブレイクスルーをもたらすような気がしてならない。

　シャーマンたちが社会的に高い地位を得てきた一方で、少なからぬ者たちがこれまで「悪魔憑《つ》き」などと称され、不当な排除を受けてきた歴史がある。私たちは今後、幻覚のメカニズムの解明に真剣に取り組み、そしてこれを理解してゆくことによって、意味のない偏見や俗説を退けてゆく必要があるだろう。

　さて、私たちにはさらなる問いが残されている。いつからヒトは「神」を見るようになったのだろうか。心はどのように進化してきたのだろうか。次は動物と機械の心について考えることにする。

3、動物の心、機械の心

　今年は映画『未知との遭遇』が公開されて二十周年目にあたる。あの映画が二十年前のものだというのはちょっとした驚きだが、まさに私たちと宇宙人の関わりにおいてもエポック・メイキングな作品であった。この映画に登場する宇宙人は、頭が大きく、新生児のような体をした、日本で俗にいわれる「グレイ」というタイプの原型なのである。この映画の公開以後、アメリカではこのタイプの宇宙人の目撃例が急増した。いかに私たちがマスコミの作り出すイメージによって影響を受けやすいかという見本でもある。

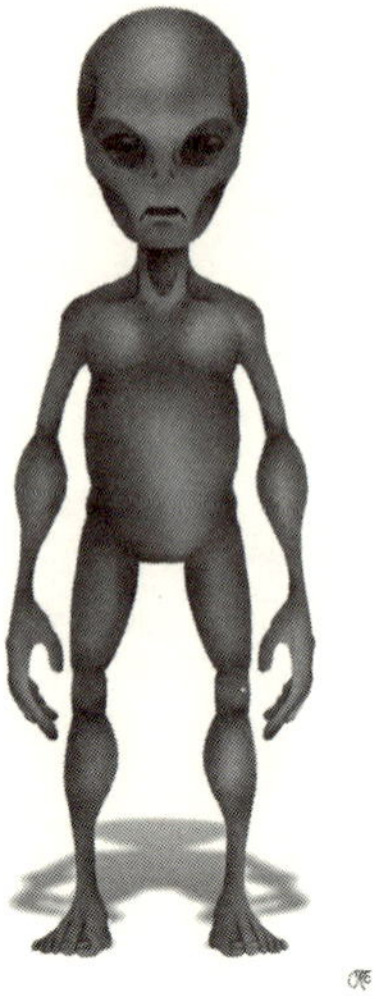

グレイ（宇宙人）

　さて、この映画のラストで、人間と宇宙人が手話のようなものでコミュニケーションを図る感動的なシーンがあったことを覚えているだろうか。あの手話は、ハンガリーの音楽家であるゾルタン・コダーイが協力者とともに音楽教育用として考案したサインで、映画の中に繰り返し登場するレミドドソという音階を示したものである。このことから何かひらめかないだろうか。言葉でコミュニケーションを取ることが難しい場合、私たちはジェスチャーで意思疎通を図ろうとする。これを動物に応用したらどうだろう。私たちは死後の世界について考える。では動物たちはどうなのか、手話で尋ねることはできないか？

　実はそういった研究が報告されているのである。手話でゴリラに「死んだらどこへ行くのか？」と訊いてみた人がいるのだ。

　類人猿に言語を習得させようという試みは一九三〇年代から始まった。大きな進展があったのは、六〇年代後半である。ネヴァダ大学のガードナー夫妻が、チンパンジーにアメリカ式手話を教え、コミュニケーションを図ろうとしたのだ。この研究は世界的に大きな注目を集め、ゴリラやオラウータンでも同様の実験がおこなわれた。最初にゴリラに手話を教えたのが、当時スタンフォード大学に在籍していたフランシーヌ・パターソンである。彼女の共同研究者であったひとりの女性が、ココという雌のゴリラに「ゴリラは死ぬとどう感じるか？　嬉しい、悲しい、それとも怖い？」と訊いた。するとココは「眠る」と答えたのである。また別のときに、この女性は「ゴリラは死ぬとどこへ行くのか？」と尋ねている。このときココは「気持ちいい　穴　さようなら」とサインした。

非常に曖昧なデータだが、おそらくこれは、ヒト以外の動物が死後についての考えを語った唯一の記録である。とりあえずゴリラは死というものを理解しており、しかも私たちの考える死後の世界の原型をすでに感じているようなのだ。ではチンパンジーはどうだろうか。よりヒトに近いといわれているボノボはどうか。いくらでも想像が膨らんでくる。

脳の進化と宗教観の発達の相関を調べるのは非常に面白そうである。私たちヒトは、他の類人猿と比較して特に前頭葉が肥大している。この前頭葉は俗に創造性を生み出す部位といわれているが、宗教的な知覚に対しても重要な役割を担っているのかもしれない。現在、ヒトゲノム解析計画が進行中である。ヒトの塩基配列を他の類人猿のそれと比較することにより、前頭葉が肥大化した原因を発見することができるだろう。このように脳と心の進化を遺伝子レベルで解析することが、次世紀の脳科学の大きな課題のひとつである。

ところで一方、心の進化の問題を逆にたどってゆくと、またひとつ私たちは大きな謎にぶつかる。それは、どの時点で心が発生したと考えていいのか、という問いである。類人猿は心を持っているといってよいだろう。イヌやネコにも心はありそうである。しかし、ミミズやクラゲとなると自信がない。私たちはどうやって心のあるなしを決めているのだろうか。

同様の問題が、ひと頃もてはやされた人工知能の分野でも生じている。確かに私たちは映画『2001年宇宙の旅』でコンピュータHAL9000の「心」を感じた。今年はこのHALが生まれたとされる年でもあるが（小説版による）、未だに私たちは機械に「心」のリアリティを植えつけることに成功していない。人工知能の研究成果は、結局のところエキスパート・システムを作り出すことでしかなかった。データの蓄積量を増やし、演算処理速度を速めたとしても、チェスの名人を負かすのが精一杯というのが現状である。この方向性では、HALのように意識を持ち、反乱を起こしたりするコンピュータを作ることはまず不可能だろう。コンピュータの出す結果に「リアリティ」が付与されていないからである。

人工生命の研究で有名なクリス・ラングトンは、かつてライフゲームという単純なプログラムをコンピュータの上で走らせているとき、異様な何かの「気配」を感じたという。このエピソードは、これからの「心」の研究にとって重要な意味を持つはずである。なぜラングトンは「気配」を感じたのか。それを解明できたとき、私たちは真に心を持ったHALと対話することができるだろう。

4、「創発」に向けて

埼玉県和光市に脳科学総合研究センターが開設された。「脳を知る」「脳を守る」「脳をつくる」という三つの柱を立て、学際的に脳の研究が進められることになる。日本でもこのようなプロジェクトが軌道に乗ったことをまず喜びたいが、しかし私はここにさらなる一本の柱を加えることを提案したい。「脳を考える」である。

先日、ある文科系の先生から次のような趣旨の質問をいただいた。

「脳科学の研究者たちは、いつでも細かい神経生理の最新知見を挙げ、『このようにひとつひとつ明らかにしてゆくことによって、いずれは脳の生み出すさまざまな現象を解明できるだろう』といいますね。彼らの言葉は決まって『いずれ』『だろう』です。しかし本当にそうなのでしょうか？　臨死体験が脳の虚血の反応だというのは一見納得しやすい意見です。しかし問題はもっと根本的なところ、つまりなぜ臨死体験するのかというところにあるのではありませんか？　脳について考えるときは、還元論的な手法だけでなく、哲学のような包括的なアプローチを用いることも重要なのではありませんか？」

このような意見はもっともであり、いわゆる「科学的手法」で生命現象を解明してゆくことの難しさを端的に表していると思う。

いくら神経細胞を観察し、記憶の形成メカニズムを調べたところで、「なぜヒトに『心』が存在するのか」という問いに答えることはできない。同様に、ＤＮＡを詳細に解析したとしても、「ヒトとは何か」という漠然とした巨大な問いに明快な答えを出すことなど不可能だろう。だがこれをもって科学的手法の限界を説くのは誤りである。

多くの人は「科学」に対して過度な期待を持っているようである。でも科学者に対して、「すべてを科学で説明してみろ。ほら、できないではないか。世の中には科学で説明できないものもあるのだ。科学は万能ではないのだ」というのは間違っている。このような言い方の裏には科学に対する盲目的な信奉と、それへの嫉妬がある。科学は信仰の対象ではない。

しかしこれならわかりやすい。厄介なのは逆の方向から科学を狭めようとする動きが広まりつつあることだ。識者やマスコミはオウム真理教事件や疑似科学本の流行などといったいまの状況をひとつにくくり、「科学的」なものの見方が弱まっていることを嘆き、科学者たちが脆弱《ぜいじゃく》になっているのではないかと憂えている。だがここで「識者」が口にする「科学的」という言葉は、感情を一切排した厳密性に対する理想と憧れを漠然と指しているにすぎないような気がする。そして不思議なのは、科学者たちまでもがその罠にはまり、自らに枷《かせ》をつけようとしていることだ。

私が思うに、科学とは「万能」という名の魔法でもなければ「厳密性」といった竪苦しいものでもない。この世に存在する無数の「驚異」に対するひとつのアプローチの仕方なのである。特に生命科学は、目の前にある生命現象を「理解」したいという単純な欲求から始まっている。驚きを驚きとして認めた後、その驚異を理性的に考え、理解しようと努める姿勢こそが科学なのであり、その意味において人文社会系もいわゆる「理科系」の科学と等しく科学なのである。

文学や哲学、宗教学は決して科学と相反しない。例えば「文学は人間を描くもの」とはよくいわれるフレーズだが、科学もまた人間や自然を対象にしていることを決して忘れてはならないと思う。生命科学の論文は、文学と等しく「人間を描いている」はずであり、またそうでなければならないと私は考えるのだがどうだろうか。

ワイルダー・ペンフィールド。ジョン・C・エックルス。両者とも現在の脳科学の基礎を築き上げた研究者である。興味深いことに、彼らは晩年になって「心は脳の働きだけでは説明できない」という境地に達し、唯物論的なアプローチによる脳研究に疑問を抱いた。一方、ノーベル生理学医学賞を受賞した利根川進は、いずれ物質レベルで精神現象はすべて説明されると明言している。どちらが正しいということではない。考え方なのである。私たちが日常的に濫用しているカッコ付きの「科学」では、ペンフィールドたちをオカルトと見なさなければならない。しかし真に重要なのは、なぜ彼らがその結論に達したのか吟味することであるはずだと思う。

複雑性を扱う科学の分野で「創発」という概念がある。ミクロなものを総和していったとき、理論上からは予想できない非線形のマクロな現象が起ち上がってくることを指すのだが、私たちひとりひとりの行動によって思いもよらない社会全体のうねりが生み出されるように、脳科学においても同様の創発が生じることを、私は大いに期待している。

いずれにせよ、私たちの前には興奮に満ちた次世紀が広がっている。

（東京新聞夕刊　1997・10・6、13、20、27）

科学が語る死、人間が感じる死

いきなりで驚かれるかもしれないが、数年前まで私にとって最も身近だった生命の「死」とは、しんなりとしたマウスの冷たい体毛の感触であった。そのとき私は薬学部の四年生で、休日と平日の区別もせず、ひたすら実験を行っていた。私の所属していた研究室は、癌細胞の持つ遺伝子を解析しており、抗体や培養細胞、DNAなど、生化学や分子生物学の分野で扱われる生体試料を主として研究材料に使っていた。そのためまず私が覚えなければならなかったことは、癌《がん》細胞をフラスコの中で培養する手技と、マウスの血液や腹腔から抗体を採取する方法だった。麻酔のかかったマウスを片手で握り、ピンセットで眼球をくりぬき、マウスの背中を親指の腹でさすりながら、眼窩《がんか》から溢れ落ちてくる血液をシャーレに受ける。マウスの体軀《たいく》は、不可逆的に冷たさを増し、柔らかかった体毛は次第に湿り気を帯びてくる。あの手のひらの中で広がってくる冷たさが、私の「死」に対する直截的《ちょくせつてき》なイメージだった。

マウスの命を奪うことについて、私は特別な感情を持っていなかったように思う。実験のためと割り切っていた。一日30匹近くを「屠殺《とさつ》」することも珍しくなかった。当時、生化学系の学術論文では研究対象動物の命を奪うことを sacrifice、すなわち「屠殺」と記述するのが習わしだった。はじめのうちこそ、その暴力的な言葉に驚いたものだが、やがて自分が論文を書かなければならなくなったとき、sacrifice という言葉をあえて使用した。そうすることで科学者の一員になれると思ったのかもしれない。

もちろん、私はこのような死の感覚が偏《かたよ》っていることを自覚していた。友人に自分のおこなっている実験のことを話すと、露骨に気味悪がられたものである。科学の世界に漬《つか》りながら、一方で私は科学者の感覚が特殊なものであることを忘れないようにしていた。やがて、なぜこのような感覚のずれが生まれてくるのかということに強い興味を覚えるようになった。科学者、特に分子の世界を扱う研究者と、ごく普通に社会の中で暮らしている人々との間で、どれほど「死」についての感覚が違うのか。それを形にしてみようと思ってできたのが私の最初の小説『パラサイト・イヴ』である。

以後、生命科学の研究者と一般人の感覚のずれは、私の小説の最も重要なテーマとなった。これは、「科学と人間感情のずれ」と言い直すこともできる。sacrifice という言葉に対する感覚の違いである。

だが最近、それだけではないことに気がついた。この二つの対立は、私が書いている「小説」そのものの中にも存在し、また「看護学」の中にも隠れているのではないかと思うようになってきたのである。

ここ数年、死ぬ間際の人間がどのようなことを考え、また何を考えているのかを知りたくて、さまざまな資料を読んでいる。その中で特に興味を覚えたのは「臨死体験」だった。死ぬ間際の人間が体験するといわれている、あのオカルトめいた現象である。花畑や三途《さんず》の川を見たり、死に別れた両親や知人と逢ったり、神と遭遇したりする。そのうち背後から呼び戻す声が聞こえ、現実に連れ戻される。

そのような体験談が存在することは以前から知っていたが、学問的な興味はまったく感じなかった。しかし立花隆の『臨死体験』や、海外の文献を読み進めるにつれ、この現象が科学の分野で扱えるのではないかと思うようになった。よくいわれる臨死体験の特徴は、そのストーリーにパターンがあるということである。生活習慣や宗教的信条の異なる者が、極めて類似した臨死体験をすることがある。これを単なる偶然だと片づけることはできない。科学の視点でとらえるならば、脳の中で生じている神経細胞の働きが類似したため、同様の幻覚を感じたのだということになる。そこで私は脳科学の論文を漁《あさ》り、臨死時に起こる生体反応が臨死体験を誘起させるかどうかを検討してみた。このときの成果は、拙著『BRAIN VALLEY』の中で詳しく書いてある。

ここで私は細胞や分子のレベルに立って臨死体験を解こうとした。科学の方法論で死を語ったわけである。だが、実をいうとこれだけでは臨死体験を説明したことにはならない。重要なファクターが語られていないのだ。臨死体験者たちの性格の変化である。生還後にポジティヴ思考になる者、宇宙的規模の信仰に目覚める者などさまざまだが、とにかく臨死体験の前後で人間性に劇的な違いが生じるのだ。彼ら臨死体験者の手記を読むと、オカルト的な要素を多分に含んでいるにも関わらず、その筆致は概ね静謐《せいひつ》で清々しく、引き込まれることが多い。自然と心を動かされてしまうのである。このことは、なかなか科学のレベルで処理することができない。そのためだろう、少なくとも日本の医学や看護学の分野では、今でも臨死体験の話はタブーとなっている節がある。

エリザベス・キューブラー・ロスもタブーの一つだ。彼女は終末医療の概念を世界に広めた精神科医であり、その著書『死ぬ瞬間』はいまでも広く読まれているが、彼女の自伝『人生は廻る輪のように』を読めばわかるように、彼女は後年、臨死体験や神秘現象の研究に力を注いだ。しかしそのことはほとんど話題にされることがない。

私はこれまで、キューブラー・ロスが人生の師だと主張する医師たちに何度か会ってきた。だが彼らにロスが死後の世界の研究をしていることを慎重に伝えると、一様に驚いた顔をする。看護師も同じだ。知り合いの看護師に聞いてみたところ、学生の頃に彼女の本を読み、死の受容の五段階を覚えさせられ、臨床実習で「いまこの人はどの段階か」と話し合ったのだという。だがやはりロスの人生そのものについては知らなかった。ロスの後年は、学問や教育の場において禁《きん》忌《き》領域となっているのだ。これは、オカルト的なものをなるべく排除し、科学的に学問や教育を進めようという欲求があるからに違いない。なるほど、確かに科学の立場からいえば、臨死体験は虚血状態の脳が作り出す特殊な幻覚だろう。しかし臨死体験者そのものの心情はどこですくい上げればよいのか。そして本当はそちらのほうが死の医療にとって重要なことなのではないか。

科学的に生命をとらえること。人間の感覚として素直に命を見つめること。この二つは常にぶつかりあう。科学を題材に小説を書こうとするとき、私はしばしば、科学本来の面白さと小説本来の躍動感が乖離《かいり》を起こし、うまく筆が働かないことに気づく。どこかでずれが生じているのである。

看護学についても同じことが言えそうなのだ。昨年の春から、私はある大学の看護学部に勤務している。日常的に看護学についていろいろ聞く機会が増えた。しかし、多くの教師が看護学という学問について複雑な思いを抱いていることに気づいた。看護学をしっかりとした学問体系にするのだという強い意気込みがある一方で、人間同士の心のつながりを大切にしよう、精神的な豊かさを忘れないようにしよう、と訴える。科学と人間性の間で揺れ動いているように見える。最近は、Art という言葉で科学と人間性をくくり、新たな学問として認識させようとする動きが高まっているようだ。しかしその試みはまだ成功していると思えない。そしてこの「看護学」の揺れは、私自身の作家としての揺れと共振しているような気がしてならないのだ。Art という言葉はその意味で奥が深い。

死の医療について思索を深めていったロスが臨死体験の研究にのめり込んだことは極めて示唆的だ。科学の限界と私たち人間の不思議さを同時に私たちに突きつけてくるようである。病んだときに私たちを癒すのは科学であり心である。感動を与え、豊かさをもたらしてくれるのはこの二つだ。しかし絶望や死へ直結するのもこの二つなのである。いま、科学と心を何よりも強く結びつけているものは「死」であろう。科学の方法だけでは語り尽くせない、かといって人間感情をむき出しにして語ると冷静さを失ってしまう。難しいといわざるをえない。だからこそ「死」は医学や看護学の中心となり、また私は小説の中でこれを扱うのだ。

いつの時代でも、どんな場面でも、「死」とは常に語ることの中心である。

（ナーシングトゥデイ　１９９８・７）

ミュージアムの躍動とサイエンスライティング

つくづく「作家」でよかったと思う瞬間がある。皮肉なことにそれは科学を書いているときだ。何か科学の題材を読者に伝えようとするとき、小説という形式の自由度に改めて驚いてしまう。例えば生体エネルギーのことを描くならスピーディな文体を心がけ、脳について語るなら神経回路のように入り組んだプロットを用意すればよい。会話やアクションも有効だ。伝えるべき科学の概念や知識から逆に計算してストーリーを組み立てることすら可能である。意外だが文芸の技術は科学を語るのに適しているのである。ストーリーやプロットが伝えるべき科学の本質に肉迫していればさらによい。近いところまで焦点を合わせられたときは実に楽しい。小説の中で科学の描写が弾《はず》むようであれば、その物語はほとんど成功を約束されているのである。

こんなことを思ってしまうのも、最近ようやく「科学ノンフィクション」なるものの難しさに気づいたからだ。科学のトピックを扱った解説記事を頼まれることも多くなってきたのだが、いざ書き始めてみるとどうも足下がおぼつかない。学術論文のときは悩まずに済むのだが、「一般向け」となるとどのように科学を語ればよいのか、どのあたりに焦点を定めればよいのか、なかなか見当をつけることができない。小説なら物語で興味を持続させることもできる。だがノンフ

ロンドンの自然史博物館

ィクションとなると途端に読者は顔をしかめ、「難しさ」に過敏になり、一語でもわからない言葉が目に入ると怖じ気づいてしまう。

そんなもどかしさが引き金になって、ここ一、二年ほどは意識して海外のミュージアムを見て回るようにしている。もともとは博物館を舞台にした小説を書くための取材がきっかけだったが、次第にミュージアムの教育方法や展示方法に興味が移ってきた。ここでいう「ミュージアム」とはもちろん科学博物館や民族博物館などだけではなく、美術館や水族館、動物園、植物園も含まれる。美術品や剝製《はくせい》など、無生物を展示するミュージアムが美術館や博物館で、生きたものを展示するのが水族館や動物園などということになる。

なによりも海外のミュージアムで驚いたのは、展示空間そのものの豊饒《ほうじょう》さであった。例えば、ロンドンのサウス・ケンジントンにある自然史博物館は、テラコッタを多用した荘厳な造りだが、ディスプレイ方法が極めて現代的でダイナミズムに溢《あふ》れている。天井から吊《つ》り下げられた恐竜の化石の間を縫って回る空中通路など、背景に見え隠れするルネサンス調の内壁とのコントラストが絶妙だった。

美術館の場合も、ちょっとした屋敷を改造したものが多いのが気に入った。部屋の間取りに人間味が残っており、視野が直線的でないため意外な位置で絵画が目に飛び込んでくる楽しみもある。総じて情報量にゆとりが感じられるのだ。翻って日本のミュージアムは遊びの部分が少なく、ミュージアムのためのミュージアム構造になってしまっており、冷たい印象を拭《ぬぐ》いきれない。展示以外のものをどれだけ提供できるかでミュージアムの面白さは決まってくるような気がした。

その意味でもっとも感銘を受けたのは、アメリカ・カリフォルニア州にあるモントレー湾水族館である。モントレーはかつてスタインベックの小説で描かれたように歴史的な港町だが、漁獲高の激減によってお世辞にも賑《にぎ》やかな観光地とはいえなくなってしまった。交通の便も決してよいわけではない。それにもかかわらず、この水族館が全米一の入場者数を誇っているのも納得できる。いかに観客に見せるかを考え抜いたディスプレイと、地域に根ざした展示コンセプト。この両者が理想的なかたちで結びついているのである。

その代表例が、世界で初めて展示に成功したというジャイアント・ケルプの巨大水槽だ。ケルプの間を魚たちが泳ぎ回る光景は圧巻である。モントレー湾は広い浅瀬と三千メートル級の海溝の両方が存在する複雑な地形で、黒潮の到達地点にも当たるため、豊かな生態系に恵まれている。

ケルプの森にもエビやタコや岩魚などが棲息《せいそく》している。そういった豊かな環境を水槽内に再現するためにはどうすればよいか。この水族館はそれを考え、研究を重ね、専用の水槽を開発したのである。見せるものを明確に規定し、その実現に向けて最大限に技術革新を重ねる姿勢が素晴らしい。

ジャイアント・ケルプの巨大水槽

　クラゲの展示コーナーも有名で、海中を思わせる暗い部屋に青い水槽が鮮やかに浮かび上がっていた。色の薄いクラゲを効果的に演出するため、照明の当て方や水の循環方法なども計算して、半球型の特殊な水槽が採用されている。またちょうど訪れたときには特別企画「深海のミステリー」が公開される直前だった。モントレー湾の海底に棲息する深海生物を一挙展示するというものだ。おそらく水圧や光の加減や餌《えさ》の種類などを含め、展示・飼育方法に関しても膨大な研究がおこなわれたのだろう。

　そう、つい入場者がそんなことを想像してしまうのも、水族館の目論見のひとつなのだ。「見せる」という行為自体を見せ場にしてしまう貪欲《どんよく》さこそがモントレー湾水族館のダイナミズムだろう。館内ではところどころに「インサイド・ストーリー」というコーナーが設けられており、水槽の裏側の様子や餌の調整法などが学習できるようになっていた。併設されているシアターでは学芸員の一日を追うドキュメントフィルムが上映されていた。

展示物と建物のハーモニー、というレベルからさらに一歩踏み込んだ緊張関係がここにはある。「いかに展示されているか」という問いは入場者をより深い科学へと誘う。サイエンスライティングにおいてもこの問いは重要だろう。「いかに語られているか」の面白さを効果的に読者に提示できないだろうか?

ミュージアムの「語り」をどうやって「科学ノンフィクション」に引き寄せるか。いまの私にはそれが最も切実な課題である。

（遺伝　２０００・６）

未来の「博士」たちの図書館

子供の頃、私にとって図書館とは完全に小説の本を借りるところだった。週末になるとバスに乗って市立図書館へ行き、ミステリーや怪奇小説を片端から借りて読んだ。とにかく物語が好きだった私は、高校の頃までノンフィクション分野の本を図書館で探すなどという発想がまったくなかった。大学に入ってからも附属図書館はもっぱら試験勉強のための机代わりで、どうしても読みたい本はたいてい生協書籍部で購入していたものだ。第一、教科書や参考書の類《たぐい》は図書館にあまり在庫がなく、いつも貸し出し中だったものである。

従って「図書館は調べものに使える」ということを知ったのは、恥ずかしい話だが大学も四年生になって研究室に配属されてからのことだ。理科系の大学附属図書館の書架には、分厚いハードカバーがずらりと並んでいる。多くは黒や水色といった単純な色の装幀《そうてい》で、背表紙に記号のような英数字や年号が箔押《はくお》しされているだけだ。最初のうち、これが何なのかさっぱりわからなかった。興味もなかったので手に取ることもしなかったのだが、研究室の先輩に連れられて書架に行き、それらが海外の学術雑誌を年次毎に製本したものだと教えられたときは、なるほどそうだったのかと妙に感心した覚えがある。

以来、図書館は私にとって、もっぱら文献検索や資料収集の場となっている。実験の合間によく大学図書館に行った。細胞に試薬を添加して反応を調べようとすると、培養器に入れて三〇分あるいは一時間、黙って待っていなければならない。この中途半端な空き時間を利用して図書館に行き、新しく入った学術雑誌をぱらぱらと眺めたりするわけだ。ときにはこっそりと、小説のネタとなる文献を探したりもした。科学研究の情報を得るには、とにかく一次資料である学術論文に日々接していないと話にならない。刻々と新しい結果が発表され、学説が更新されてゆくので、一般向けに書かれた解説書や教科書を読んでいたのでは遅いのだ。論文を読むことをこの時期に徹底的に教育されたためか、いまでも小説を書くときは一次資料が手元にないと落ち着かない。『パラサイト・イヴ』や『BRAIN VALLEY』といった小説は、大学図書館がなければ書けなかっただろう。

ただし、そういった環境が非常に恵まれたものだったと気づいたのはごく最近のことだ。昨年に大学の常勤職を辞め、作家活動に重点を置くようになって初めて、大学図書館が外部の人間に酷く冷たいことを知った。私はまだ非常勤職で大学と繋《つな》がりがあるのでそれなりに自由に閲覧できるが、完全に関係が切れてしまったら館内に入るだけで一苦労だろう。いまも他大学の図書館を利用するときは、身分証明書を提示し非常勤職に就いていることを伝え、さらに利用目的をいちいち細かく申告しなければならない。私がカウンターで書類を提出している間にも、学生たちが気軽にゲートをくぐり、館内のラウンジで馬鹿話をする。見ると徹夜明けの医師がソファを占領してマグロのように寝入っている。この待遇の格差は何なのだ！　と思わず憤りに駆られたことも少なくない。

とはいえ最近は、学術情報もインターネットでかなり入手できるようになってきた。「ネイチャー」などの有名な雑誌は掲載論文を無料公開しているし、ホームページで研究成果を披露している科学者は多い。メッドラインという医学文献の検索システムもウェブで利用できるようになった。これはアメリカの国立衛生研究所（ＮＩＨ）の傘下にある国立医学図書館が提供しているシステムで、医学系の学術雑誌がデータベース化されており、誰でも無料でその内容を検索できる。ウェブ上で公開されていない論文でも、特定のＩＤを持つ研究者なら注文を出し、そのＰＤＦファイルをすぐに送ってもらうことができる。

しかし一歩でも大学を出てしまうと、研究室にいたときと同じように情報収集するのは困難だ。まずインターネットの接続料がばかにならない。論文もすべてがウェブに載っているわけではない。仮にあったとしても一般人では無料閲覧できないことも多い。まだまだ職業研究者と一般利用者の間には情報にヒエラルキーが存在するのだ。地理的なハンディで図書館が利用できないのなら諦《あきら》めもつくが、身分の差で情報収集力に差が出てくるのはどうにも癪《しゃく》だ。なんだか「学術文献は学術に携わる者しか触れてはいけない」といわれているようではないか。

先日、これと似たもどかしさを意外な場所で感じることになった。「課外授業ようこそ先輩」というテレビ番組の収録のために、母校の小学校を訪れたときのことである。この番組は自分の仕事のエッセンスをいまの子供たちに授業するという趣旨で、毎回さまざまな職業の人が登場する。私はちょうどミュージアムに関する小説を刊行したばかりだったので、それなら子供たちと一緒に富士の裾野《すその》に位置する石の博物館に出掛け、興味を持った石について物語を書いてもらうことにしようと思った。

授業の初めに子供たちに紹介したのが、藤子・F・不二雄氏の言葉である。彼はマンガの描き方を説いた自著の中で、『のび太の恐竜』という作品を取り上げながら、恐竜を書くなら恐竜博士になるくらい勉強しなさいと記している。私自身、子供の頃にこの部分を読んで感銘を受け、いまでも小説を書くときは「博士」になるつもりで資料を集めているくらいだ。藤子氏のこの言葉にはふたつの意味が込められている。まず、好きなことや興味を持ったことを書きなさいということだ。ほとんどの子供たちはそれまで一度も物語を書いたことがない。だが博物館で石に興味を持ち、好きな石を見つけることができれば、それが物語の核になり動機になる。そして第二に、好きなことはどんどん調べて、たくさんの知識を身につけなさいということである。それはより豊かな描写と、より深い考察に結実する。興味を持つこと、調べること、書くこと――これは創作の原点であり、また同時に科学研究の基礎でもある。物語と科学の楽しみを子供たちに教えたかったのだ。

博物館で子供たちは熱心に石をスケッチし、疑問点もノートにまとめてくれた。ところが小学校に戻ってきて、いざ調べものをする段になってから、困り果ててしまったのである。図書室には子供向けの図鑑が常備されていたが、それらは子供たちの好奇心を満足させてくれない。ある子は学芸員から「クレンザーの中に方解石《ほうかいせき》が混じっている」と教えられ、それが何故なのかを知りたがった。しかし子供向けの図鑑には方解石など載っていない。コンピュータ室のパソコンはキッズヤフーがデフォルトで立ち上がるようになっていたが、実際に使ってみて愕然《がくぜん》とした。検索に制限がかかっているため、専門的な石の名称を入れてもほとんどヒットしないのである。

本当に知りたいと思ったとき、人間は好奇心を止めることができない。ここまでで充分ということはありえない。面白くなったらどこまでも追求したくなる。子供でもそれは変わらない。そのとき私たちが真に必要とするのは、優れた資料と優れた検索システムである。番組では結局、学芸員に電話をしたり専門書を取り寄せたりすることで、ようやく子供たちの疑問に答えることができた。子供たちが提出してくれた物語は、どれも豊かな想像力に溢《あふ》れた素晴らしい作品だった。創作にあたって好奇心の強さと情報収集力がいかに大切か、改めてこちらが気づかされた次第だ。

専門資料は専門家だけのためにあるのではない。知りたいと思ったときに誰でも「博士」になれる、そんな時代が早くやってきてほしいと切に思う。コンピュータとインターネットの発展は、確実にその方向を拓《ひら》きつつある。しかしまだ充分ではない。

未来の「博士」たちのために、また創作を志す者たちのために、図書館はもっともっと門戸を開いてほしい。そう願うのである。

（図書館の学校　２００１・５）

教養——リンクする「底力」

なぜ教養教育が重要なのだろう。

思い返してみると不思議だ。大学で一般教養科目の講義を受けていたとき、この根本的な問いに対して教員や友人と話した記憶がない。講義の中でそれに類する答を聞いた覚えもない。美学や語学などはかなり楽しんで受講していたが、それは単純に面白い講義だったからであって、教養を身につけるためなどとは思わなかった。

あの頃の自分は冒頭の質問にどう答えるか。たぶん当たり障りのない優等生的な解答を返すだろう。幅広い知識と教養を身につけることは人生を豊かにするし、視野を広げることにもなって、それは専門分野を学ぶときにも役立つから、とかなんとか。たぶん、この答でも結果的にそれほど間違いではないはずだ。しかし本当に問題なのは、その題目の意味が学生も教授陣も〝実感〟できないことにあるのだと思う。本当に教養は人生を豊かにするのだろうか？　本当に自分の専門分野にも役立つのだろうか？

教養教育の真の目的は、おそらくこういった根本的な疑問に対して、〝実感〟を伴った解答を（一例でも）与えることなのだ。

私が東北大学大学院薬学研究科博士課程を修了したのは平成八年のことである。この前年に小説『パラサイト・イヴ』を刊行していたので、論文をまとめる段階になって時間が取れず、所属講座にかなりの迷惑をかけてしまった。その後、研究員の肩書きを経て、宮城大学看護学部に講師として三年間勤めた。現在は作家業のほうに重心を置いている。

卒業研究の時期から修士、博士課程にかけては、正直なところあまり「教養」などということについて真剣に考えることはなかった。もちろん研究をしながら、もっと英語や統計学やコンピュータを勉強しておけばよかったなどと思うことは頻繁にあったが、それを教養の問題というのはずいぶんずれているような気もした。

きっかけは、おそらく『パラサイト・イヴ』だったのだろう。この小説は、私が研究で扱っていた細胞小器官「ミトコンドリア」を題材にしたホラーで、大学研究室の様子をふんだんに盛り込んでいる。私は実験の合間に教官の目を盗んで大学図書館へ行き、ミトコンドリアというキーワードに引っかかる文献を幾つも漁った。当時、私が研究していたのは、ミトコンドリアの中で働く脂質代謝酵素だ。生化学や細胞生物学の領域である。ミトコンドリアはこういった酵素を使いながら食べ物を消化して、エネルギーの素をつくり出す役目を担っているのだが、実はそのほかにもさまざまな側面を持っている。生活習慣病や老化にも密接に関わっており、また個体の生と死を司る場合もある。ミトコンドリアの中に含まれる特殊なＤＮＡは、生命進化の歴史を探るのに用いられる。また腎移植の際には免疫抑制剤が投与されるが、これはミトコンドリアの姿を驚くほど変貌《へんぼう》させる。

ここで私はようやく気づいた。自分は大学院でずっとミトコンドリアを扱ってきたのに、研究テーマ以外のミトコンドリアの論文をほとんど読んだことがなかったのだ。

専門が先にあるのではなく、面白いと思う事象が先にあることを私たちは忘れてはならない。いま盛んに学際的取り組みの重要性が叫ばれている。あまり効果は上がっていないようだが、実際に社会に出て問題が発生するのは、物事の枠組みがまさに「専門領域」で括れなくなってしまったときだ。文化の違う人間同士が協力して何かをつくり出すとき。既存の考え方を超えて新しいものを生み出そうとするとき。そのとき私たちは、はじめて専門以外の知識を必要とし、リンクする能力を試される。しかし、専門分野の外のことを何も知らず、またそれ以前に興味さえ持てずに、自分の専門分野の方法論に固執していたらどうだろう？　リンクすることなどできるだろうか？

小説を書くことも同じだ。何かと何かを繋げて物語を構築することで、新しい価値観や発想を提示し、読者を楽しませる。ひとつのことだけに精通していればいいわけではない。『パラサイト・イヴ』でもミトコンドリアという題材を中心に据えることによって、生命進化から腎移植の問題までもひとつの物語の中でリンクさせることができた。専門領域の論文ばかり読んでいたのでは、このスリルは絶対に味わえない。

つまり、「教養」とは、リンクするための底力なのである。問題を解決し、そして新しい面白さを生み出すための底力といってもいい。知識だけ広範に持っていても駄目だということがこれでわかるだろう。物事を自分と関連づける膂力《りょりょく》がない限り、それはいつまでも「教養」になりえない。私たちは、この「リンクする力」をどこかできっちりと習っているだろうか？

大学一、二年生の頃は、自分が面白いと思う本や映画や音楽や絵画を存分に吸収して、面白いと思うことをすればいいと思う。その一方で、自分が選んだ専門分野をどんどん勉強すればいい。大学で教養教育が必要なのはなぜか。それは、私たちが中学や高校で勉強してゆく過程で、面白いと思う心をいつしか忘れていってしまうからだ。科目ごとに試験を受けることに慣れてしまい、もともと世界は学問分野などに細分化されることのないひとつのものであることを忘れてしまう。面白さを取り戻さなければならない。

だから教養の講義では、とにかく教授陣が自分の面白いと思うことをひたすらしゃべりまくればよいのである。下手に講義を総論的に構成して、自分のよく知らない分野のことまで話すのは禁物だ。一コマが一五回の講義だとしたら、自分が面白いと思うトピックを一五個話せばよい。面白いと思うことが一五個もないという教授は、もとより教養教育に携わるべきではない。教授が面白いと感じることを熱心に伝える。面白さを学生と共有することが教養の第一歩だと私は思う。

だがそれだけでは不充分だ。私が考える次の段階は、異なる学問分野のミックスである。例えば、薬学と経済学の教授がひとりずつ出てきて、同じ壇上に立ち、ディスカッションしながらふたりで講義を進めてゆくのだ。薬学と経済学の接点に広がる社会的問題とは何か、それを解決するための研究をどのように組み立てるか、互いの研究観を尊重しつつ、いかにコラボレーションしてゆくか。語るべき内容はたくさんある。従来の講義になかったダイナミズムが生まれるはずだ。この講義をするためには、教授自身に広く深い教養が求められる。リンクする力を教授陣が身をもって示すのだ。と同時に学生側にも、ディスカッションを聴いて理解し、咀嚼《そしやく》する能力が求められることになる。

もし私が教養の講義をするのなら、例えば自分の本で扱った題材を一五個並べて、ひとつひとつ話をしてみたい。ミトコンドリア、脳科学、UFO、博物館、人工生命、ロボットにプラネタリウム……。ばらばらだと思われるかもしれない。だが、これらはただひとつの事実で強く結び合わさっている。私が面白いと思った分野だということだ。専門家ではないので、深いところまでは話せないかもしれない。最新の細かいトピックは話せないかもしれない。所詮は作家という「素人」の雑談になるのかもしれない。だが私は、いまや物語の専門家になってしまった。たぶんいまの私にできるのは、教養から専門への道筋を伝えることくらいである。

私の本を読んだり話を聴いたりした人の中から、ひとりでも作家や科学者が生まれれば、少しは甲斐《かい》もあるのではないかと思う。

（曙光　２００１・10）

アトムは03年4月7日に生まれた

今年の元旦に、ケーブルＴＶで新作アニメ『アストロボーイ・鉄腕アトム』第一話のプレミアバージョンが放映された。三度目のアニメ化である。海外輸出を意識して、今回のバージョンに限って台詞はすべて英語だった。アトムは「アストロ！」と呼びかけられる。ＣＧとセル画を混合させた画面づくりは美しく、物語のテンポもよい。なるほど、と感心した。日本のロボットの未来をかいま見たような気がしたのだ。これなら「アトムの呪縛」を乗り越えることができるかもしれない。

ここ数年来、空前のロボットブームが続いている。その日本にとって二〇〇三年四月七日は特別な日だ。マンガ家・手塚治虫が生み出したキャラクター「鉄腕アトム」が誕生したとされる日なのである。おそらくこの日に前後して、様々な企業や研究機関が新しいロボットを発表するだろう。大規模なイベント「ＲＯＢＯＤＥＸ《ロボデックス》２００３」の開催も予定されている。

なぜ日本人はこんなにもロボットが好きなのか？　草木にも心が宿るという考え方に共感しやすい国柄のため、キリスト教圏と違って「心を持つロボット」に寛容なのではないか。あるいは日本人は昔から手先が器用で、ものづくりを得意としてきたからではないか等々、幾つもの模範解答がある。そして多くの人が「日本には鉄腕アトムや鉄人28号のようなロボットヒーローがいたからだ」と指摘する。だがこれは本当だろうか? あまりにも分かり易すぎる解答ではないか?

そんな素朴な疑問に駆られ、私は四年ほど前からロボット開発の現場を訪ね歩いている。いまではすっかりロボットマニアで、ノンフィクション(『ロボット21世紀』)とフィクション(『あしたのロボット』)の書籍も一冊ずつ出してしまった。だがそうやってロボットやロボット開発者たちと付き合いながら、では当初の疑問を解決したかというと心許ない。多くのヒントは得られたが、アトム影響説が分かり易すぎるのと同様に、別の説明を試みようとするとどうしても陳腐で分かり易すぎるものになってしまう。実はこの「説明しにくさ」こそが、アトムとロボットの関係そのものなのではないかと思うようになってきた。

確かに何人かのロボット・人工知能研究者は、子供の頃にアトムのアニメを観てロボットに憧れ、ロボット研究を目指したと公言している。しかしその一方、アトムはどうも優等生すぎて嫌いだという研究者もおり、さらに下の世代になるとそもそもアトムのアニメを観たことがないので共感を覚えず、むしろ機動戦士ガンダムやドラえもんにロボット研究のきっかけを見出す者もいるようだ。ただそういった思いはなかなかマスコミの報道に乗らない。アトムは分かり易さの犠牲となり、他のロボットはその分かり易さの陰に隠れただけのことかもしれない。ロボット研究の現場では、アトムの誕生日によるマスコミの過熱報道に戸惑いつつ、しかし予算獲得や注目度アップの好機と積極的にとらえ、少しでもよりよいロボット開発に結びつけたいというのが本音かもしれない。

まず私が強く感じるのは、日本においてロボットは「物語」や「キャラクターイメージ」と深く結びついており、科学とそれら文化が互いに影響を及ぼし合う循環を形成しているということだ。これは他の科学分野と大きく違うところである。生命科学と比較してみると分かるだろう。たとえクローン人間が取り沙汰されても、そこで必要以上にSFや科学スリラーが言及されることはない。実際の生命倫理観に影響を与えることも稀だ。これは逆にいうと、その分野で強いイメージを発する物語がもともと少ないということでもある。

物語は私たちにイメージを植え付ける。子供のときに感じたイメージは鮮烈であるが故に、なかなか心の中から消え去ろうとしない。従って子供の頃にどんなロボット物語と出会ったかによって、私たちのロボットイメージは大きく変化することになる。アトム世代とガンダム世代の差はここから生じる。アポロ世代がいつまでも宇宙に憧れ続けているのも似たようなことだろう。

だが私は、ロボットを科学の「日本性」という文脈から捉え直すことができるのではないかと感じている。小説の中で科学を描いたり、マスコミに向けて科学について語ったりしていると、自分が日本人であることが気になってくる。日本人の語り手が科学を語ることの意味を再考しなければならないのは、現代科学の多くがまだ西洋の価値観の上に成り立っているように見えるからだ。生殖医療にまつわる倫理問題も、まず欧米の考え方が輸入された後で、日本的価値観との折り合いが模索される。また作家の川端裕人が看破するように、宇宙開発や恐竜学など少年が傾倒する科学分野の多くはアメリカへの憧憬と密接に関わっている。だがロボットならどうか。日本は世界が認めるロボット大国であり、日本から発信されている新しいロボット学の考え方も数多くある。ロボットをモチーフにすることで、私たちは初めて日本の科学を描けるかもしれない。最近私はそう考えているのだ。そしてここから取っかかりをつけることで、私たちは科学と物語の新しい関係性を発見できるのではないか。

では具体的に、ロボットと物語の間で何が生じているのか？　鉄腕アトムはその検証手段として極めて有効だ。まず共有《シェア》できる存在として、アトムの靱《つよ》さを指摘する声がある。研究者自身も本当にアトムがつくれるとは思っていないのだが、アトムはとにかくイメージを共有しやすい。アトムの能力に照らし合わせて自分の研究を語ると、一般の人にもよく理解してもらえて、議論の俎上《そじょう》に乗せることができるというのである。確かにアトムを持ち出すとロボットについて多くを語れるのだ。アトムは自分で考え、自分で行動する自律型ロボットである。アトムの時代にはロボット法が制定されており、ロボットのあるべき姿が人間たちによって議論されている。自律型ロボットの物語の究極だと断言する研究者もいるほど、非常に幅の広い作品なのだ。

私自身は一九六八年生まれなのでドラえもん世代である。実は長い間、なぜアトムがこれほどの人気を持っているのか、正直なところわからずにいた。アトムの白黒アニメも観たことはなく、マンガを読んだのもかなり成長してからである。原子力で動く正義の味方という設定が古くさいような気もしていた。しかしいまは己の不明を恥じている。最近、白黒アニメ版のアトムがDVDボックスとして発売されたので観てみると、これが実に面白いのだ。第一話では、天馬博士がアトムに生命を吹き込むシーンでベートーベンの「運命」が流れる。クラシック好きの手塚ならではの演出だ。またリミテッドアニメ（コマ数が少なく、低コスト）のハンディを逆手に取って、動きにメリハリをつけている。絵柄もストーリーもモダンで、なるほど当時の子供たちが熱狂したのもよくわかるのだ。基本的には一話完結方式であるため、原作マンガの持っていた大河ドラマ的なうねりは消失しているが、代わりに正義の味方としてのアトムが強調され、親しみ易さと物語の面白さが最優先されている。

　一方、マンガ版のアトムは悩む存在だった。素朴にめでたしめでたしで終わるエピソードは意外に少ない。常にアトムは機械と人間の間に立って両者を仲介しようとし、うまくいかずに悩む。手塚は戦後、進駐軍と日本人の間で生じるコミュニケーションギャップを痛切に感じていたようだ。手塚自身、アトムはインターフェイスの物語なのだと晩年に述べている。アトムは機械でもなければ人間でもない。どちらからも「継《まま》っこ」であり、両者を取り持つ存在なのだ。

　もし私たち日本人がアトムから影響を受けたとすれば、それはこのインターフェイスの重要性を知ったことだと思う。日本人は軍事ロボットが好きではない。創意工夫を重ねて難関を乗り切るロボットコンテストは盛んだが、ロボット同士が相手を破壊し合うようなTV番組はウケない。有無をいわさず相手を殺傷するロボットではなく、ヒトとコミュニケートするロボットであること。ヒトの心を思いやるロボットであること。私たちは無意識のうちにそんなロボットを求めている。

しかし物語とはもともと人間の感情と自然界の事象を取り持つインターフェイスだ。文化と科学のインターフェイスとしてロボットの物語を位置づけると、日本のロボットを取り巻く環境がリアルに見えてくるのではないかと思う。物語やキャラクターと現実の科学の間にイメージの循環と共有が生じ、両者は密接に絡み合う。これこそがアトムの遺産なのかもしれない。

ただし……、ここで物語の持つ別の一面を考える必要がある。物語はときに分かり易いイメージだけを増幅させ、私たちから判断力や思考力を奪う。アトムの大きな罪は、ロボットが常に完璧な存在であるという幻想を多くの人に植え付けてしまったことだ。これは医療や福祉現場で働くロボットの開発に支障を与えている。例えば、食事搬送ロボットを病院で試運転しようとするとき、患者は「鉄腕アトムが来るのかねえ」などと期待してしまう。ところが実際にやって来るのは目的に特化された無骨なロボットだ。動きも遅く、失敗を繰り返す。すると患者は期待が大きかっただけにロボットに対して幻滅してしまう。また看護師サイドも、「私たちは食事を運びながら患者に声掛けして様子を見ているのに、このロボットはそんなこともできない。忙しいのに却って仕事が増えて困る」と感じることになる。最初からすべてを完璧にこなせるロボットなどあるわけがないのに、じっくりと技術を育んでいこうという辛抱強さがなくなってしまうのだ。

小綺麗なイメージの増幅は、物事の本質を探ろうとする欲求を失わせることにもなりかねない。多くの人がホンダの二足歩行ロボット《ASIMO《アシモ》》を可愛いと感じ、イベントに足を運ぶ。だがASIMOがどのようにして二足歩行を制御しているか、その原理を知りたいと願う人がどれだけいるだろうか。このままではロボットは見せ物として終わってしまう、と真剣に危惧する研究者も多い。私たちはロボットの表面に見える部分だけで満足してしまい、その下に隠されているシステムにまで思い至らないのだ。

最悪の場合、アトムの時代がやって来ると声高に喧伝され、期待を煽られた人々が、アトムの誕生日を迎えて深い絶望感を味わうこともあり得る。「なんだ、本当はアトムなんてできないではないか」と多くの人が気付き、いっぺんでブームが収束してしまう……そんな事態を避けるためにも、ロボットを開発する側やマスコミは表面の下に隠れた本質部分をいかに伝えてゆくか、もっと考えなければならない。だがアトムの誕生日が過ぎるまで、私たちはどうしてもアトムの呪縛から逃れられないのではないかという気もする。

ではどのようにしてアトムの呪縛を乗り越え、アトムの誕生日以降も続いてゆくロボット開発を発展させていけばよいのか？　いま少しずつ、だが着実に、物語の送り手たちがその問題に自覚的になりながら、新しいロボット物語を紡ぎ出そうとしている。そのひとつが冒頭で記した

『アストロボーイ・鉄腕アトム』だ。本放送が開始される前、この作品を指揮する小中和哉監督に話を伺う機会があった。驚いたことに小中監督は拙作を読み込んで下さっており、日本のロボット開発の現状をかなり勉強されていたのである。

ごく最近になって、日本の若手研究者の中から「認知発達ロボティクス」という研究分野が台頭してきた。かつてはすぐにでも人間の頭脳を超えるコンピュータができるだろうと楽観視されていた。ところが現実はそうならず、人工知能研究は一種の挫折を味わうことになる。その反省を踏まえて多くの研究者がロボットに注目した。私たち人間も、赤ん坊のときは自分の身体を使って環境と接触し、学習を繰り返してゆく。外界とコミットできる身体性があってこそ健全な知能が育まれるのではないか。ロボットを使って認知科学の問題にアプローチしようとするのが認知発達ロボティクスなのである。

小中監督の新生アトムは、この認知発達ロボティクスの成果を取り入れていた。今回のアニメでは舞台の時代が特に設定されていないが、ロボットは人間社会の中に入り込んで、様々な仕事をこなしている。そこに生まれた初めて人間の心を持つロボットがアトムなのだ。起動されたアトムは初めのうち赤ん坊と同じである。子守ロボットと無邪気に遊ぶアトムを見て、科学者のお偉方は「こんなロボット、何の役に立つのか」と嘆く。だがお茶の水博士はいうのだ。「いや、このロボットは人間の友達になれる。ヒトの心を持つロボットがいたら楽しいじゃないか」と。アトムに影響を受けて育った日本のロボット研究が、今度はアトムの物語に影響を与えようとしているのだ。物語と科学の循環がくっきりと立ち現れてくる！

また小中監督は、手塚の原作にあったアトムの七つの威力のうち、「善悪を判断できる」という項目に疑問を感じていた。そこで彼はここを大胆に変更し、「ロボットの気持ちがわかる」という能力を新生アトムに与えている。ここでアトムが人間と機械のインターフェイスであることが明確になった。手塚治虫は自作を大胆にリメイクすることで有名だったが、小中監督はその精神を受け継ぎつつ新しいアトム像をつくろうとしている。原作ではロボット法でロボットに人間と同等の権利が与えられているが、現実にアトムのようなロボットが生まれてしまったら、きっと新しい世代は私たちと違う感覚を持つはずだ。そう小中監督は主張していた。

これからの子供たちは、現実にロボットと暮らす社会を生きることになる。おそらくこの新生アトムを観て育った彼らは、きっと私たちよりもラジカルなロボット観を持つようになるだろう。「私も二十一世紀の新しいアトム像をつくるという意識はありますが、子供たちにはその先を行ってほしい」と小中監督は語っていた。それは実に正しいと思う。アトムの誕生日を目前に控えて、いま私たちがやるべきことは、新しいロボットを開発し、新しいロボットの物語を紡ぎ、そしてそれを胸一杯に感受することなのだ。そしてアトムの誕生日以降も、日常としてそれを続けてゆくことである。

アトムの呪縛はアトム自身が乗り越えてゆく。その力強さこそが、日本における科学と物語の豊かな関係を見事に象徴しているのである。

（文藝春秋　２００３・４）

思いが残る

プラネタリウムが郷愁を誘うのはなぜだろう？　いしいしんじの小説『プラネタリウムのふたご』は、ドームに捨てられた双子の赤ん坊が成長し、ひとりがプラネタリウムの投影技師に、もうひとりがサーカスの奇術師になる物語だが、確かにプラネタリウムにはサーカスとよく似た懐かしさがある。だが思い返してみてほしい、自分が最後にプラネタリウムの投影を見たのはいつのことだろう？　ずいぶん足を運んでいない、という人が多いのではないかと思う。セピア色の懐かしさは、私たちの心とプラネタリウムの距離に比例している。

この一年ほど、プラネタリウム会社の五藤光学研究所と密な繋がりを持つことができた。以前に書いた私の中篇小説『虹の天象儀』を、仙台市こども宇宙館でプラネタリウム番組として上映することになったからである。天象儀とはプラネタリウムの和名だ。二〇〇一年に東急文化会館の五島プラネタリウム（紛らわしいが五藤光学とは別の組織）が閉館したが、それに触発されて書いた恋愛小説である。閉館したプラネタリウムの学芸員が、織田作之助の遺した「思いが残る……」という謎の言葉に導かれ、戦時中の有楽町へタイムスリップする。そして毎日新聞社の社屋にあった東日天文館を空襲から救おうとするのである。最後に主人公は死ぬ間際の織田作之助に会い、彼が見たかった大阪の夜空を贈る。織田作之助とプラネタリウムという取り合わせは奇妙に思われるかもしれないが、『夫婦善哉《めおとぜんざい》』のプロットを一部取り入れた長編『わが町』が大阪電気科学館のプラネタリウムをラストシーンに持って来ている。川島雄三監督による映画版『わが町』（一九五六）も実に心を打つ作品で、日本を代表するプラネタリウム物語といっていいだろう。

私が最初にプラネタリウムを観たのはおそらく一二歳のとき、父の仕事の都合でアメリカのフィラデルフィアに暮らしていた頃、フランクリン科学博物館でのことだったと思う。タコの宇宙船のような異形《いぎょう》の投影機にまず心を奪われ、どうしてこんな機械で星空が映せるのかと不思議に思った憶えがある。

もともとプラネタリウム投影機を開発したのはドイツのツァイスだが、近年は日本の五藤光学とミノルタが大きなシェアを誇っている。両者は番組コンテンツも製作して、自社投影機が納入されている全国の科学館や宇宙館に配信する。

仙台市こども宇宙館に入っているのは五藤光学のシステムだ。『虹の天象儀』の番組をつくる際、コンセプトの段階から宇宙館の学芸員や五藤のスタッフと何度も打ち合わせをした。日本は世界に比べて国民総数あたりのプラネタリウム館数が異常に多いことや、最近は客離れが深刻化していることなどもそこで初めて知った。

プラネタリウムは教育的施設である。私たちの郷愁を誘う。だがそれは翻《ひるがえ》せば、大人たちがプラネタリウムからすっかり遠ざかってしまったことを意味している。番組をつくりながら私は、なぜプラネタリウムはつまらないのかと考えるようになった。逆説的な視点から従来の番組やプラネタリウムの枠組みを見てみると、いろいろ気づく点がある。まずひとつは、プラネタリウムがいつしか子供たちのための施設になってしまっているということだ。だがアポロが月に行っていた時代、プラネタリウムは格好のデートスポットだったはずである。

実はいま、カップルなど大人を惹《ひ》きつけて大きな話題を呼んでいるプラネタリウム装置がある。数百万個の恒星を映し出せる「メガスター」がそれで、大平貴之さんという個人が自作したものだ。大平さんは子供の頃からプラネタリウムに魅せられ、持ち運びできる投影機の試作を続けているうちに、天の川投影機も一緒に組み込んでコンパクトにできないかと考えるようになった。通常のプラネタリウム装置は天の川の白い影を映す装置が本体から出っ張っているのである。機械を運搬するのにこれは不便だが、天の川を構成する無数の星々も恒星原板で投影してしまえば一気に問題解決する。そんな発想から誕生した大平さんの装置は、まるでハイビジョンのように美しい星空をドームに映し出す。通常の投影機は私たちの目に見える数千個の恒星しか映さないので、その解像度は桁違《けたちが》いなのだ。彼の投影機は五島プラネタリウムが撤退した後の東急文化会館で公開されて大反響を呼び、現在は川崎青少年科学館で上映されており、今後は日本科学未来館にも登場する予定だ。私も東急や川崎での投影に行ったが、特に川崎ではドーム内のあちこちから「すごいよ！」と歓声が上がったのが印象的だった。双眼鏡でずっと観察していても見飽きない。どこか宇宙が底光りするような荘厳さがある。あるイベントでは女性から「あまりに素敵すぎて、隣にいる恋人と結婚したくなりました」というアンケート回答まであったという。

大平さんのもとへやって来る記者たちは、口を揃えて「子供たちに夢を与える教育的な仕事ですね」と賞賛するらしい。だが彼はそれに戸惑っている様子だった。自分は教育のことなんて考えていなかった、ただ天地を創造したかったんだ、と。

大人がプラネタリウムの可能性を無意識のうちに封じているのかもしれない。プラネタリウム会社が配信する番組の多くは、『ムーミン』など既存のアニメキャラクターを使った教育番組である。アニメと同じ画を使い、アニメの声優を起用しつつも、そこには本物のアニメと決定的に違う点がある。プラネタリウム番組は基本的にスライド映像の組み合わせであり、アニメのようには動かないのだ。初めてプラネタリウム番組を観る人は、まずこのことに愕然《がくぜん》とする。シナリオは通常のアニメ番組よりずっと練り上げられている。だがスライドであるが故に、低予算の子供だましという悪いイメージが生じてしまう。

また逆のパターンもあるだろう。プラネタリウムのドームでは大型映像が上映されることも多い。五藤光学が以前、アレクサンドル・ペトロフ監督のアニメ映画『老人と海』を配給したことがある。ガラスに直接絵の具を塗って撮影するという特殊な技法を使った繊細な映画で、アカデミー賞も受賞した名編だ。しかし上映後に回収したアンケートを見て、五藤のスタッフは心底がっかりしたそうである。親子連れの回答で、子供のコメントには「最後におじいさんと魚は心が通じ合ったんだと思います」とあった。だがその下には母親の字でこう書かれてあったという。

「小さい子にヘミングウェイは難しすぎると思います」

親や送り手が「子供」という二文字に縛られすぎてはいないか。私の『虹の天象儀』は初老の男が主人公だが、きっと子供たちもこの物語のテーマはわかってくれるはずだと信じていた。アニメキャラではなく小説を原作に番組をつくることは、いまほとんど皆無に近い。だがその冒険も今回は結果的によい効果へと転じた。貧乏くさいと思われてしまうスライド番組も、なまじ既存のイメージがないだけに、最初から観客がすんなり物語に入ってくれるのである。プラネタリウムを使ってプラネタリウムについての物語を上映する。そして「思いが残る」というテーマを大事に伝える。もうひとつ私がスタッフに要望したのは、プラネタリウムの美しい星空を存分に観客に見せてあげてほしいということだった。番組内でせめて数分でも、満天の空を。

私のやり方は搦《から》め手ではなく正攻法で中央突破だ、と、やはりプラネタリウム小説『せちやん』を書いた川端裕人さんから指摘された。そうかもしれない。だが、まずは正攻法で観客に物語をぶつけてみるべきであることを、実は多くの人が忘れていたのではないか。実はプラネタリウムに込められているのは人間の思いだ。美しい星空を自分の手で再現したいという技術者の思いであり、大好きな誰かと肩を並べて、夜空の星を指差しながら穏やかに語り合うあの思いである。私たちは星空を通して、心と心を繋げているのだ。その象徴がプラネタリウムなのである。その思いを伝える物語が、いまの番組には必要なのだ。

いや、それだけではない。「物語が必要な状況なんて、実は全体から見ればごくわずかなのかもしれない」。大平さんのそんな言葉に私ははっとし、大きく頷いた。私は作家なので、物語を通したプラネタリウム番組のあり方を考える。だが広大な砂漠の真ん中で満天の星を仰ぎ見るさまをイメージしてほしい。私もオーストラリアへ旅行したとき、降るような銀河に圧倒された経験がある。そこには物語など存在しない。ただ研ぎ澄まされた五感と大自然があるだけだ。大平さんはその感覚をメガスターで提供できないかと考えているという。営業で疲れたサラリーマンがふらっと立ち寄って癒される、そんなプラネタリウムがあってもいい。ドームだけでなく普通の室内でもそれが効果的に実現できれば、さらに可能性は広がってゆく。私は彼のアイデアに共感を覚えた。新しいプラネタリウムのロマンが摑《つか》めたような気がしたのだ。

今後、一度でいい、ぜひ空を仰いでみてほしい。都会の明かりで星は見えないかもしれない。だがその薄明の向こうに広がる星々を、自らの手で再現しようとする人間がこの地上にいる。思いは残り、伝わってゆくはずだ。

（図書　2004・6）

ロボット——あした創る「大使」

昨年、経済産業省の次世代ロボットビジョン懇談会がまとめたロボット共存社会の三大テーマは「少子・高齢化」「安心・安全」「便利・ゆとり」だった。今後の人間とロボットの共存社会を想像し、どうすれば豊かな未来を創出できるのか、そのためにこれからどんなロボット産業を振興してゆけばよいのかという提案だ。そのビジョンの一部は愛知万博の会場でも披露されるはずである。

二〇〇六年頃をピークとして、日本の人口は減り始めるといわれている。少子・超高齢社会はますます進み、生産年齢が養うべき年少者・高齢者の割合も増えてゆく。人口が減って働き手が少なくなれば、どうしても将来の日本は労働力をアジア各国からやって来る若い人々に頼ることになる。それは成熟する日本に新しいパワーをもたらすだろうが、一方では文化の衝突を顕在化させるかもしれない。鉄腕アトムの公式誕生日もすでに過去となった。いま私たちは今日と未来を結ぶ「あしたのロボット」の時代を生きている。ロボットなんて役に立たないと一言で切り捨てられる時期は過ぎ、しかしアトムの未来までは到達しない、ほんの少しだけ前へ進む、その気持ちを胸に抱いて生きる「あしたのロボット」の時代である。日本のロボット技術は今後の日本社会をどのようにサポートできるだろうか。

ロボット研究者の井上博允《ひろちか》は日本にロボット産業の長期的戦略を打ち立てることの重要性を以前から説き、これからのロボットは高齢者の自立と社会参加を促すライフサポートパートナー（LSP）として活躍すべきだと優れた提言をしている。高齢者が充実した生活を送れるようになるには社会のサポート体制が必要であり、そこにロボットの技術が求められる可能性は高い。このサポート体制づくりは新しい雇用を創出し、またロボットは不足する労働インフラの一翼を担う。これらの目標は今後二〇年で実現可能だと井上はいう。

この提言を実現させるのはおそらく地方自治体の力だろうと私は考えている。なぜなら日々の生活というものは家庭や地域に密着したものであるからだ。自分の生活空間がユビキタス（遍在するコンピュータ）やロボット技術によってバックアップされ、ちょっとした買い物や家事を手助けしてくれる。怪我《けが》や病気、あるいは重い荷物の運搬などで自由に動けない移動制約者は意外と多数に上るが、地域密着型のロボットなら互いに連携しながら私たちの身体をサポートしてくれそうだ。そのときロボットたちは面倒なキー操作ではなく音声やタッチパネルで指示を受け付けてくれるだろう。ロボットは受け取った情報のプライバシーをきちんと保護した上で、必要なときには速やかに病院や警察へ連絡してくれるだろう。

先に紹介したビジョン懇談会の報告書に掲載されている未来の物語が面白い。一般家庭で活躍する見まね学習ロボットの教育係をお年寄りに楽しんでもらおうというのだ。そこで教えられた技はロボット会社にデータとして蓄積され、他のユーザへ配布される。教育係のお年寄りには報酬もある。高齢者は孫のようなロボットに接しながら、自分のペースで社会に参加できるわけだ。

今後のロボット産業は人間性（ヒューマニティ）がキーワードになるだろう。まだロボットはイベントで愛嬌《あいきょう》を振りまく子供たちの憧れに過ぎない。だが成熟社会を迎えるこれからの日本では、単なる珍しもの好きだけではない、本当の大人が生涯にわたって付き合えるロボットも必要になる。

たぶんこれから人口が減ってゆくと、私たちはもっと人間らしさを求め、人との豊かなコミュニケーションを欲するようになるだろう。ユビキタスやインターネット技術は、遠くの人とすぐに繋《つな》がることができる。だがそれは逆に世界の断絶を私たちに自覚させる。インターネットを毎日使っている人でも、見たことのないコミュニティはおよそ無数にあるはずだ。私たちは自分の「世間」を互いに重層させるのみで、いつまで経っても密着しない。だからこそもっと繋がりたいと願う。

そのときロボットは「大使」の役目を請け負わされることになるだろう。手塚治虫が創造したロボット・鉄腕アトムは、初めのうち宇宙人と地球人を取り持つ大使だった。技術が進むほど私たちは世界の稀薄さを感じ、もっと繋がりたいと思い、その気持ちを未来のアトムに託す。その挫折と希望の循環は永遠に終わらないかもしれない。

ロボットの可能性は未知数である。だからこそ、私たちひとりひとりがロボットの未来を考え、創り上げてゆくことができる。人間の想像力の素晴らしさは、私たちが親しんできた数々のロボット物語で実証済みだ。「あした」を考えるきっかけはロボットにある。

（読売新聞夕刊　2005・1・5）

社会を信ずるロボット、科学を信ずるヒト

一二歳から一三歳にかけての一年間、父の仕事の都合で家族揃ってアメリカのフィラデルフィアに暮らした。私が通ったのはカトリック系の中学校だ。洗礼は受けていないので真似事に過ぎないが、クラスメイトと一緒にミサにも参列した。クラス担当のシスターは英語があまり話せない私を案じてくれたのだろう、宗教の授業のときは別室で英語でエッセイを書くようにと私にいった。どうやってアメリカに来たのか、好きなスポーツは何か、日本の家屋はどうなっているのか、毎回シスターから与えられるテーマを受けて、私は懸命に英語を綴った。シスターがいつも真摯に読んでくれて、ときには笑顔を見せてくれることがとても嬉しかったのだ。たぶんこのときの経験が、いまの自分に繋がっているのだろう。

シスターは私が図画工作を好きなことも知っていた。クリスマスが近づいたある日、シスターは私を呼んで地下室に連れて行った。そこには小さな木馬があった。親戚の子にプレゼントをするから、ヒデアキ、あなたにペンキで着色してほしいといわれ、私はその作業に熱中した。フィラデルフィアはトム・ハンクス主演の映画でも描かれたように、アメリカ人にとっては古風で頑固な街の象徴であるらしい。だが私の中には温かな想い出だけが残っている。私は父と同じく科

学者の道を目指し、その途上で物語を書く仕事に転向した。

　このところ翻訳刊行される進化学の一般解説書が、こぞって科学と宗教の対立を取り上げている。九〇年代にベストセラーとなって黒人差別だと社会問題化した“The Bell Curve”への反動だろうが、それだけでなく創造論や非科学的な宗教観に人々が傾倒してゆく社会の中で、目に見えない圧力のようなものを筆者たちが切実に感じ取り、なんとかそれを押し留めたいと願い発するその声が、ページの向こうからはっきりと伝わってくる。私も最近は「もっとサイエンスコミュニケーションを」といったスローガンを掲げる会合に呼ばれることも多いのだが、単なる科学離れのレベルを超えて、海の向こうではもっと切迫した状況になっていたのだ。「信ずる」という人間の心の小さな働きが、いま巨大な怪物と化して社会を軋《きし》ませ、科学者たちを酷《ひど》く怯《おび》えさせているように思える。

　例えば心理学者ニコラス・ハンフリーが著書『喪失と獲得』の中に、「子供に何を語ればいいのか?」という有名なエッセイを載せている。これは一九九七年度のオクスフォード・アムネスティ講演を文字に起こしたもので、当時はかなりの議論を呼んだに違いない。

　ハンフリーがアムネスティの人々を前にして述べたのは次のようなことだ。すなわち、子供には他の人間の誤った考えに晒《さら》されることで心がいびつになるのを拒む権利がある。そして私たち大人は、聖書が文字通り真実であるといったナンセンスな教えによって子供が惑わされるのをこれ以上許すべきではない。

当然、幾つかの反論が想定される。科学の世界観だけが絶対的に真実であるとする理由はどこにあるのか。総体的価値観や文化的多様性を認めてもよいではないか。仮に科学の世界観が真実であったとしても、なぜそれがよりよいものだといえるのか。なぜ子供の権利ばかりを重視するのか。親が子を思う権利もあるではないか。ハンフリーは予想されるそれらの問いを一蹴《いっしゅう》する。これを心ではなく肉体の問題に置き換えてみよ。女性の割礼《かつれい》の文化を多様性のひとつとして認めてもよいではないか、割礼させてあげたいという親の権利もあるではないか……といい換えてみれば問題は明らかだ。子供の肉体を傷つける行為を正当化することはできない、なぜなら子供自身が判断できる立場に置かれたとき、無傷の肉体を選ぶだろうから、というわけである。ハンフリーは一九六〇年代にアーミッシュ共同体を離れて徴兵された若者たちが共同体に戻ろうとしなかった事実を挙げていう。子供が自ら信念体系を選択できる機会を得たとき、とても選びそうにない体系を押しつけることは道徳的に間違っていると。

しかしこの世のすべての子供を、間違った信念体系によって傷つけられることから守るにはどうすればよいのか。普遍的な科学的教育が必要だとハンフリーはいう。だが、それではなぜ科学だけが道徳的に正しく、他の信念体系ではだめなのか。それは「科学を学ぶことで、私たちは、なぜ私たちがあれやこれやを信じるべきなのかを学ぶ」からなのだとハンフリーは答える。科学とは、子供を自分自身で物事を考えるように誘う唯一の体系だというのである。科学を教えるということは、「誰かほかの人間の信念を教えることではなく、子供に、自分自身の信念に到達するための理解力を鍛えるよう後押しするものなのだ」と。

凜《りん》とした主張で心を打たれる。もちろん講演の場を考えてみてもわかるように、ハンフリーの態度は挑発的だ。しかしそういったことを措《お》いたとき、私は自然と頭を垂れたい気持ちになる。私もいつか自分の子ができたら、「迷ったときは科学を頼りにしてごらん」と自然に教えられるような親になりたいと思う。

だがおそらく科学の現場ではもっと絶望的な溝が広がっており、宗教との対立を余儀なくされているのかもしれない。そのことは、ハンフリーが賞賛を寄せる進化学者リチャード・ドーキンスの著書『悪魔に仕える牧師』を読むと強く感じる。

ドーキンスはこの著書の中で「信ずる」ことについて繰り返し述べている。例えば表題作となったエッセイでは、ダーウィン主義が政治を含め人間界の諸問題に敷衍《ふえん》されてきた歴史を強く憂い、自分は科学者としてはダーウィン主義を熱烈に支持するが人間としては反対すると宣言している。自然界の進化に人間的な意図など存在しないことを示す「悪魔に仕える牧師」の勧めは危険だとドーキンスはいう。だから進化に対する無知は人間に安全と幸福をもたらすだろう。しかし一方で、人間には他の動物にはない天賦《てんぷ》の才がある。それは自然界の無慈悲な過程を理解できる才であり、それが持つ意味合いに反逆できる才だとドーキンスはいうのである。その才をもって危険に立ち向かうことで、人間は「安全と幸福」の代わりに「成長と幸福」を獲得できるのだ、と。

それだけならいい。だが同著の巻末に収載されている一文、彼が一〇歳の愛娘に宛てた手紙「信じてもいい理由と信じてはいけない理由」の内容はどうか。ドーキンスは世の中に宗教を信じている人が多く存在することを述べた上で、しかし彼らには証拠がないことを娘に諭す。彼らは権威とお告げによって、あるいは単なる伝統を踏襲することによって、証拠もなしに無批判に宗教を受け継いでしまった。それはよくないことであり、だからこそわが娘よ、誰かがあることを真実だと告げたときには証拠があるのかと科学的に自分の頭で考えてみなさいと説く。子供は伝統的な情報の吸い取り紙だから、それを信じてしまうのを防ぐ手だてはない。なぜ多くの人が宗教を信じているのか。「たぶんきっと、人々が何でも信じてしまう幼いときに、信じるように教えられたからなのでしょう」とドーキンスは決めつける。

しかし、そうだろうか。

私の母は父と同じく薬学部を卒業したが、クリスチャンでもある。母は充分に分別のつく年齢になってから、カトリックの知人の気高さに共感し、自らの意思で洗礼を受けたのだという。私もその影響でカトリック系の幼稚園に通っていた。

母はハンフリーが批判した人々と同類だろうか。母は道徳的に間違った信念体系を私に押しつけたのだろうか。母は神の証拠もなしにただの伝統から宗教を受け継いだのだろうか。ドーキンスの娘に批判されるべき人間だろうか。

私はそうは思わない。

信ずるとはいったいどういうことなのだろうか。

「信ずる」という言葉を広辞苑第五版で調べてみると、次の三つの意味が記されている。

(1)まことと思う。正しいとして疑わない。「身の潔白を信ずる」

(2)まちがいないものとして認め、たよりにする。信頼する。信用する。「部下を信じて仕事をまかせる」

(3)信仰する。帰依する。「仏法を信ずる」

同じ「信ずる」でもこの三つの感覚はずいぶん異なっているように思える。「科学を信ずる」といったとき、どの立場で発言しているのかによって、文意は大いに変わってくるはずだ。たぶん多くのリベラルな科学者の立場は(2)だろうと思う。(1)の意味で科学を信ずるというのは論争の火種になる。(1)の意味を用いるなら「科学の方法論を信ずる」とでもいい直すべきで、科学そのものをまことだと思い、疑わないという態度はおかしい気がする。(1)の立場をさらに強くすると、今度は(3)に近づいてくる。

なぜ(1)や(3)がおかしいのか。その理由はすでにハンフリーやドーキンスの文章の中に記されている。科学には第三者がいつでも自由に結果を検証できるという優れた方法論が備わっており、科学者は自分自身が導き出した結果ですら他者と同様に再検証することができる。この特長を持つからこそ、ハンフリーは科学を唯一の道徳的な信念体系だと認めているのだ。となればこの科学の特長は、科学者自身にも当て嵌《は》まるだろう。科学者は自分自身を、あるいは自分が信じている科学という体系そのものを、同様に科学の方法論で検証しなければならない。自分自身で物事を考えるとはそういうことであるはずだ。このメタレベルでの検証なくして、科学そのものをまことと思い、正しいとして疑わず、信仰・帰依してしまうのであれば、私たちはその人の科学的態度を疑わなければならないのである。

　ドーキンスが『悪魔に仕える牧師』で指摘している「人間の天賦の才」とは、実はこういったメタレベルにおける自己検証能力、つまり自分自身を参照し、検証し、自分に働きかけることのできる能力、いわば「メタ認識」の能力なのだろうと思う。ドーキンスはそのことを知っていながら、宗教を信ずる者を科学の立場から批判している。だから居心地が悪くなるのだ。分子人類学者のジョナサン・マークスが著書『98%チンパンジー』の中で、ドーキンスの主張を「科学の自民族中心主義的プレゼンテーション」だと述べ、科学的でない言明であると真っ向から異を唱えているのも当然のことである。

　信ずることと自分自身を検証すること。ようやく論点が見えてきたように思う。このふたつの天賦の才を私たち人間は併せ持っている。そのことこそが、私たちの社会をこれほど豊かで複雑なものにしている理由であり、いま科学と宗教の間でこれほどの軋みを生じさせている原因であると私は考えるのだ。

さて、ここでロボットが登場する。最近私は知能ロボットの研究者と話す機会が多いのだが、人間のような知能をロボットでつくりたいと願う彼らの目下の関心事は、どのようにしてロボットに「信ずる」という機能を与えることができるか、ということであるらしい。

ロボットに何を信じさせようとしているのか。それは社会の常識であり、規律《ルール》である。

ロボットはコンピュータのプログラムによって動く。となれば、何かの仕事をしようとすると き、自分が動くことで周りの環境がどう変化し、それが自分にどのような影響を及ぼすかを、あらかじめきちんと理解していなければならないはずである。来客にコーヒーを運んでゆくといった動作でさえ、厳密にはコーヒーカップを運ぶことで隣のポットがついてこないことや、いきなりコーヒーの味が変わらないことや、核ミサイルが落ちてこないことをあらかじめプログラムで知っておく必要があるわけだ。何がその仕事にとって関係があり、何が無関係なのか、つまり何が社会常識であるのかを、ロボットはいちいち知っておかなければならない。だがそれではプログラムの量が膨大なものになってしまう。これが一九八〇年代から人工知能（ＡＩ）分野で盛んに議論されてきたフレーム問題と呼ばれる難問である。

実はこの問題は先程までの話と密接に関わっている。一見このフレーム問題は、「特に記述しない事柄は無視せよ」というプログラムをロボットに与えることによって解決できるように思える。しかし見方を少し広げてみれば、まったく同じ問題が私たち人間にも備わっていることがわかるだろう。例えば自動車を初めて運転したときのことを思い起こしてほしい。目に見えるすべてのものが危険の前兆であるかのような気がして、一時も気が抜けなかったはずである。ただし私たちは何度も運転を繰り返すうちに、だんだんと慣れてきて情報を取捨選択できるようになる。おそらく私たち人間は、こういった作業を赤ちゃんのときから無数に繰り返して、社会常識を身につけてゆくのだ。しかしひとたび勝手のわからない環境に放り出されると、世界の記述が爆発してしまい、情報の取捨選択ができなくなって、パニック状態に陥りフレーム問題が顕在化する。

では、なぜ私たちは普段フレーム問題に悩まされることがないのか。フレーム問題は消えてなくなったわけではない。私たちは擬似的にその問題を回避しているわけである。ネコやイヌもフレーム問題に悩んでいるようには見えない。これはなぜか。

おそらくは、私たちが社会という環境を普段「信じて」いるからである。

普段私たちはそれまでの人生で培ってきた経験や習慣を信頼し、ある程度その常識に判断を任せることで、細かいことにいちいち気を遣わなくても済むような脳の働きを採用しているのだ。社会のルールという幻想を信ずることで、物事をうまく端折っているのである。しかしひとたびその幻想が崩れ、常識が通用しなくなると、私たちは自分の行動に迷いが生じ、自分というものを意識的・抽象的に考えざるを得なくなる。このとき何が起こっているか。私たちは普段の視点ではなく、いわば神の視点から自分を見下ろし、論理的に自分を検証しようとし始める。メタ認識の機構が意識上に顕現するわけだ。ドーキンスがいうように私たち人間はこの能力を与えられている。だからこそフレーム問題に悩まされるのである。

これは世界の捉え方の問題なのだ。ロボットはそれまでの人工知能研究の経緯から、信ずるという心、すなわち常識を身につけてそこに判断をある程度委ねるという能力を置き去りにしたままに、いきなり大人の人間と同等の知識を持つことが要求されてきた。だからこそうまく環境に適応できず、膨大なプログラムを必要とする羽目になった。一方、私たち人間は、信ずるという能力によって社会生活を営んでいるが、もうひとつの天賦の才を持つが故に、ときとしてフレーム問題の陥穽《かんせい》へと引きずり込まれる。

私は母が教会に出掛けるところを見た憶えがない。母は洗礼を受けていながら、浄土宗の父と共に暮らし、宗教とはほとんど無縁の生活を送っている。特定の宗教に帰依《きえ》しながら、その信仰にさほどのめり込まない人がいる。そういった人たちは信仰心が薄いのだろうか。母は何のためにカトリックであり続けているのだろう。

おそらく母は、信ずることで日常を手に入れたのである。私たちが赤ちゃんのときから試行錯誤を繰り返し、何を信ずればよいかを学んできたように、母はキリスト教を信ずることによって、自分自身で物事を判断できる能力をもうひとつ手に入れたということなのである。そのように宗教を信ずることは、決して科学の方法論と相反するものではない。人は宗教を信じながら、かつ科学を信ずることができる。科学を信頼することができる。もちろん、この意味で宗教を信じ、科学を信じ続けるためには、本当の「人間らしさ」が必要となる。心身が弱ったとき、先に示した(1)や(3)の意味で科学を信じる方向に転換し、バランスを崩してしまうこともあり得る。だが私たちの天賦の才は、ここでは確かにドーキンスのいう通り、自らを検証し続けてゆくこともできるのだ。まさに科学を信ずることによって。

私は今年で三七歳になる。一三歳のときにフィラデルフィアを離れてから、残念なことに一度もその地を再訪する機会がなかった。私に作文の課題を与えてくれたあのシスターが存命なのかさえわからないが、もし叶うことならあのシスターに、もう一度会いたいといま無性に思う。私が小説を書くようになったことを、科学の本を書いていることを、自らシスターに伝えたいのだ。

（en　2005・1）

2章

Do you hear the people sing？

日本経済新聞の夕刊に「プロムナード」というエッセイコーナーがある。月曜日から金曜日まで毎週五人の執筆者が半年間、つまり二六回の連載を担当する。エッセイの連載は初めてのことで、毎回どうしても文章が長くなってしまい、三・五枚まで縮めるのに苦労したことを憶えている。しかしとても楽しい連載だった。特にチェスタトンを論じた最終回の「おとぎの国の科学」は、クリスマス・イヴの掲載で、自分でも気に入っている。ちょうどこの年に私は「けいはんな社会的知能発生学研究会」という研究グループに入ったのだが、そのメンバーからも好評で、ひとりがすぐさま記事の内容を研究会のメーリングリストに流し、次々と私のもとへ感想が飛び込んできた。忘れられない想い出である。

ここには全二六回の中から二一回分を抜粋、収録した。

ロボットの未来

ロボカップ2002を観戦してきた。「二〇五〇年、ワールドカップのチャンピオンチームに勝てる自律型のロボットをつくる」という気宇壮大な目標を掲げ、各国の人工知能・ロボット研究者たちが集い、自作のロボットでサッカーを競い合う世界大会である。これは二一世紀のアポロ計画だ。ロボット同士が互いに協調しながら、しかも相手を傷つけずにゲームするためには、さまざまな技術革新が必要となる。今後豊かなロボットとの共存社会を築き上げるためには、そこで得られた研究成果が役立つに違いない。

今年は地元・福岡の熱心な宣伝活動やW杯効果も手伝って十二万人という空前の観客動員数を記録し、会場の福岡ドームは連日熱気に包まれた。一九九七年に始まったこのロボカップは、試合内容も毎年長足《ちょうそく》の進歩を見せている。これまでは車輪型のロボットやソニーのAIBOを使ったリーグが主体だったが、ついに今年、研究の進展に合わせてヒューマノイド（ヒト型ロボット）リーグが誕生した。とはいえ現在のヒューマノイドたちは二足で歩くことさえやっとである。まずは基礎的な機能が主な評価基準になるが、ヒューマノイド同士のPK戦もおこなわれた。だがその様子を見学しながら唐突に、ロボカップは根本的な矛盾を抱えているのではないかと感じたのである。つまりロボットが人間に近づけば近づくほど、サッカーという問題設定に矛盾が生じ

ロボカップ　©The RoboCup Federation

てくるのではないか。ロボカップは「ヒューマノイドの意義とは何か」という究極の問いを孕《はら》んでいるのだ。

サッカーは手の動きを制限する競技である。サッカーに限らず、多くのスポーツは人間の身体性の一部を意図的に制限することで複雑さを生み出し、それがゲームとしての面白さになっている。ここにロボカップのジレンマがあるのだ。ヒューマノイドであるからには人間らしい身体性が要求される。もちろんサッカーは全身運動だ。上半身と下半身のバランスが不可欠で、ボールの操作には足だけでなく手や胸、頭部も使う。だが本来、ロボットの身体は自由に製作者がデザインできる。仕事《タスク》にふさわしい身体につくり込むことが可能であり、またそうすることが工学でもある。事実、車輪型ロボットを使うリーグでは、全方向移動技術や空気圧によるキック機能など、タスクに応じた新技術が毎年導入されている。制限されたタスクにヒトの身体は余剰《よじょう》ではないのか。

人間と一緒にサッカーをするためにはヒト型である必要があるのかもしれない。人間のサッカーのルールを適用するにはロボットもヒト型でなければならないのかもしれない。だが、それは究極的に、人間そのものをつくることになる。ロボカップの最終目標はサッカーなのか、ヒトなのか。ヒトだとしたらサッカーという問題設定は妥当なのか。私たち人間は己の身体性からゲームを生み出すが、そのゲームのためにヒト型をつくることは矛盾ではないのか。

決勝当日、余ったコートで研究者たちがミニサッカーに興じていた。ひとりがふざけて実況する。「皆様の前で競技しているのは、ヒトに極めてよく似たヒューマノイド。彼らはファジー機構で動いています！」

この冗談をどうとらえるかで、ロボットの未来は変わってくる。


（２００２・７・２）

御侍史

先日、ちょっとした耳の手術が必要で総合病院に行った。処置自体はすぐに終わったのだが、術後の経過も診てもらわないといけない。そこで私の自宅の近くにある耳鼻科へ紹介状を書いてもらったのだが、担当医から手渡された封筒の表書きを見て、おや、と思った。「〇〇先生　御侍史」と認《したた》められていたのである。

この「御侍史」、「ごじし」と読む。医学関係者がよく使う脇付《わきつけ》だ。私も大学は薬学部出身なので、学生の頃から見慣れてきたが、よく考えると日常生活ではほとんどお目に掛かったことがない。つい先日もある人工知能研究者と会食していたとき、この話題が出た。彼曰く、「今度、医学系の学会で講演することになったんだけどさ、その依頼状に『御侍史』って書いてあるんだ。初めて見たよ。どういう意味なの？」

広辞苑を繙《ひもと》くと、貴人のかたわらに侍する書き役、あるいはその人を経て差し上げる、すなわち相手に直接差し上げることをはばかるという謙遜《けんそん》の意を表す、とある。偉い人は直接手紙を受け取るわけではない。まず秘書役の人が手紙を見る。そういう人たちへの配慮であり、また秘書がいるほど偉い人という尊敬表現でもあるのだろう。そう説明すると、彼は半ば呆れ顔でいった。

「それって敬意のインフレだよねえ」

一種のカルチャーギャップだが、こういった例は意外と至るところにある。やはりいちばん目立つのは通信の作法だ。大学勤めをしながら小説を書いていると、さまざまな人と電子メールをやりとりすることになる。数年前まではこのマナーで失敗してしまうことが多かった。

おそらく一般のメール作法では、相手のサブジェクトにそのまま「Ｒｅ：」をつけて返信するのは失礼に当たる（心が籠もっていないと思われるのだ）。ところが大学では一日に二桁や三桁のメールを受信するので、とにかく効率のよさが最優先される。やって来た返事がどのメールのリプライなのか即座にわかるように、むしろ「Re：」をつけて返信したほうが親切なのだ。同様に相手の文面も本文に引用として残しておき、古いメールはどんどん捨ててゆく。最新のメール一通あれば、打ち合わせの最初から最後まで全部のログが残っているというわけである（だからやりとりが続くと、いくらスクロールしても終わらないほど長いメールになる！）。

さらに大きな違いはリプライまでの早さだ。大学の仕事といえばたいてい研究と講義と会議とデスクワークだから、合間を縫ってメールチェックすることが可能だ。そのため一、二時間後には返信が来る。私はそういった素早さに慣れ切っていたので、最初のうち編集者からの返事の遅さに驚愕し、苛々《いらいら》していた。なるほど、多くのサラリーマンは外回りをしているし、夜には接待や付き合いも入る。それに土日は休むのだ。一般の人から見れば大学のほうが異常である。それに気づいてからは考えを改めた。いまはTPOに合わせつつ、基本的には一呼吸置いたメールのやりとりが信条である。

それにしても医学界で「御侍史」が残っているのは複雑な心境だ。「机下《きか》」なら「あなたのおてもとへお届けします」という脇付なのでニュートラルだが、どうも権威主義的な感じがする。もし政治の世界でも「御侍史」が使われていたらちょっと憂鬱《ゆううつ》な気分である。

（2002・7・9）

星空を映し出す

プラネタリウム番組のセッティング場面を見学したことがある。巨人のコンパスのような目盛りが幾つもドームいっぱいに映し出される。そして月や火星などの惑星がドームの中央からぐんぐん四方へと飛んでゆき、その日の方角に配置される。まるでタイムマシンに乗っているかのような不思議な感覚で、いっぺんで魅了されてしまった。この投影をなぜ通常のプラネタリウム番組に取り入れないのだろうと首を傾げたほど、センス・オブ・ワンダーに溢《あふ》れた光景だったのである。

プラネタリウムの投影装置は実に不思議な機械だ。ドームにあれほど見事な夜空を映し出すのに、その本体は火星の宇宙船の如き異形のいでたちをしている。カール・ツァイス社が現在のプラネタリウム投影機の原型をつくったのは一九二三年のことだから、テレビより早く実用化されたヴァーチャル・リアリティ装置ということになる。

ただしテレビや映写機と違うのは、映し出される映像だけでなく、機械そのものが私たちの興味を無性に駆り立てることだ。惑星はどこから投影しているのだろう? 朝焼けや夕焼けは? 子供の頃、映し出される星空よりも投影装置の動きが気になって仕方がなかった。いまでもプラネタリウム上映を観るたび、私は最後に傍へ寄って機械そのものを観察したくなる。テレビは素っ気ない箱に納められているが、プラネタリウムの投影装置はごつごつと機能が剝き出しになっている。たぶん私が心惹かれるのは、あの異様なかたちがいかにも人間の知恵と技術の結晶のように思えるからだろう。

もうひとつ、プラネタリウムには大きな特徴がある。プラネタリウムは現実の夜空を正確に再現しているわけではない。雲も高層ビルも街の光も、ドームの中には存在しない。だが偽物の夜空かといわれると、それも違う。現実とは異なる、だが現実と同じくらい大切で美しいヴィジョンなのだ。天にポインタが飛び、星座の線が描かれ、目盛りが出現するのである。本物の夜空では得られない別種の感動がここにはある。つまりこれは人間にとって理想の夜空だ。星を語り、伝えるために最適化された、もうひとつの〝リアル〟な天空なのである。

そう考えると、現在の科学館はプラネタリウムの扱いがやや中途半端だという印象を受ける。季節の変わり目になると、各科学館はこぞって新作番組をかける。最近は入場者が減少傾向にあるらしく、人気のアニメキャラクターを使ったエデュテインメント番組の制作が盛んだ。それはそれで面白い。実際、ストーリーは驚くほどよくできている。だが、だからこそ、やはりプラネタリウムでは星空を堪能したいと勝手な思いが募るのだ。現実では決して見ることの出来ない見事な星空を存分に味わいたいのだ。その星空を創り上げた人間の力を感じたいのだ。アニメのキャラよりずっと子供の心を捕らえるものが、すでにドームの中心に据《す》えられているではないか。

高校の文化祭で地学部がプラネタリウムをやったことを思い出す。狭い暗室の中で小さな投影装置が光を放ち、解説役の地学部員の顔を照らしていた。彼は本当に星空を、そして投影装置を愛している様子だった。あの感覚が大きなドームでも再現できたら素敵だと思う。

（2002・7・23）

インパクト！

映画『アルマゲドン』や『ディープ・インパクト』以来、小惑星が近い将来地球に激突する、といった類のニュースが増えていると思っていたら、つい最近それを説明する報道記事を見掛けた。小惑星発見のための観測機器がどんどん精密になり、しかも報告システムが整ってきたので、ニュースで取り上げられる機会が多くなっているのだという。

地球の歴史上、最大の災害をもたらしたと考えられているのが、約六千五百万年前に起こった彗星衝突だ。このインパクトの位置は現在のメキシコ・ユカタン半島のあたりで、ちょうど後にマヤ文明が栄えたところである。クレーターの規模は直径約百八十キロだが、現在は上に土が堆《たい》積《せき》し、その形を視認することは出来ない。従ってクレーターの存在がわかったのは測定技術の発達したごく最近のことだ（インパクトの中心地点にある村の名前を採ってチチュラブ・クレーターと呼ばれる）。この付近には弧を描くかたちで幾つもの天然の井戸が点在し、かつては生け贄《にえ》を捧げる聖地だったが、これらの井戸は地中で互いに連結している。これもクレーターが存在する証拠のひとつだ。

当時のインパクトは凄まじく、噴き上げられた土はほとんど全地球規模で降り注ぎ、灼熱《しゃくねつ》地獄の後には粉塵が空を覆い、極寒の世界をもたらして、恐竜絶滅にとどめをさしたといわれている（ただし異論もある）。その様子はディズニー映画『ダイナソー』でも描かれているが、実際はあんな生易しいものではなかったかもしれない。恐竜画の第一人者ダグラス・ヘンダーソンが『Asteroid Impact』という素晴らしい画集を発表している。大気を突き抜けて地表に接近してくる彗星《すいせい》は、絵を見ているだけでこちらの目が焼け焦げそうなほど白く輝き、後方にのびる尾は巨大な赤い帯状で、天をスポンジのように切り裂いている。彗星が衝突する瞬間に地球の岩盤は気化し、

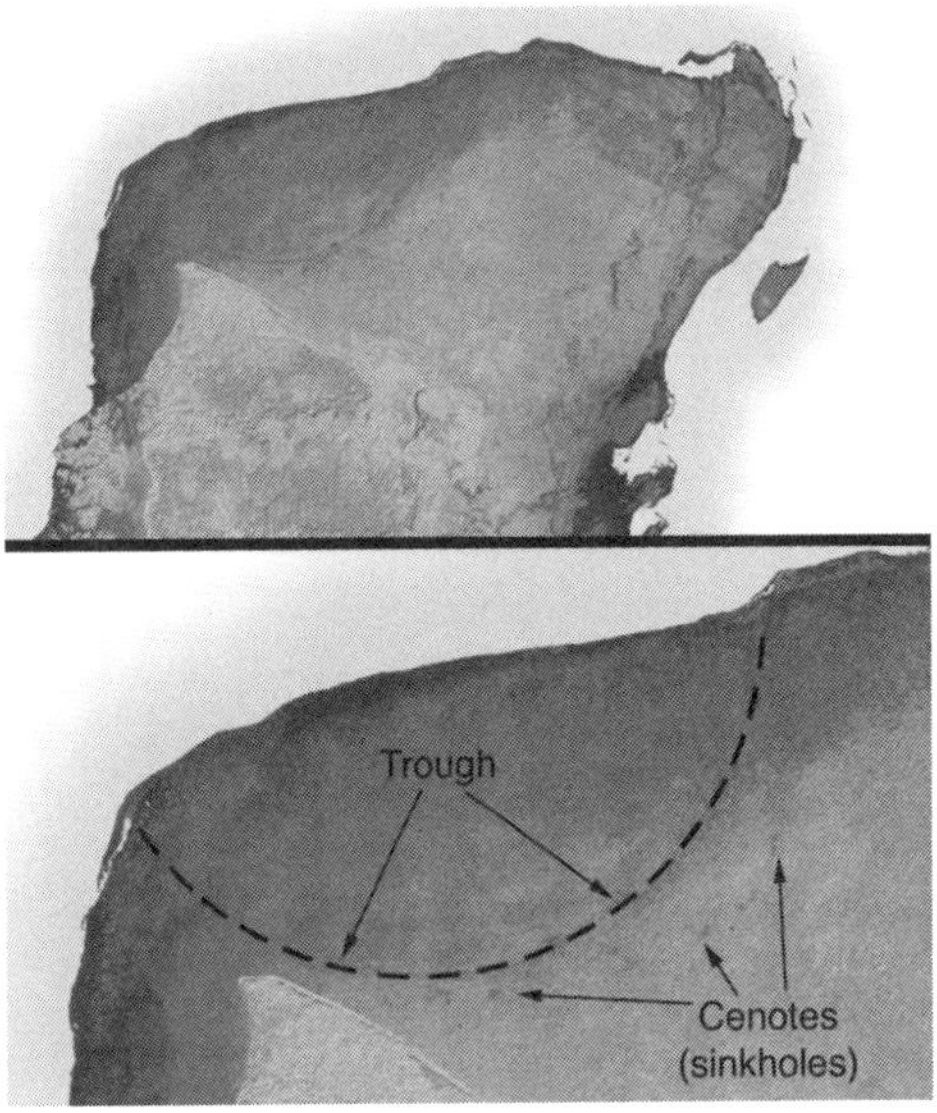

ユカタン半島のチチュラブ・クレーター

火球のような雲が一気に膨張《ぼうちょう》するのだが、そのキノコ雲の大きさは地球そのものに匹敵するほどだったという。先頃惜しくも休刊した恐竜専門誌「ディノプレス」（オーロラ・オーバル社）の第六号には、彼が科学的な考察をもとにして一連のイラストを如何に描いていったか詳細に解説されており、実に興味深かった。

このチチュラブ・クレーターを掘削探査する本格的なプロジェクトが始まっている。地下二千メートル近くまでドリルして、インパクトの際に生じた地層を掘り当てようというのだ。プロジェクトのウェブサイトには、昨年末から掘削機が現地で建設され、試験がおこなわれ、そしてサンプルがついに掘り出されてゆく様子が刻々と写真付きで報告されている。見ていると何だかこちらもどきどきしてくるのだ。

私が個人的に興味があるのは、ひょっとしたらダイヤモンドがチチュラブの地下から見つかるかもしれないということだ。彗星や隕石の衝突は莫大なエネルギーを生み出す。このときに炭素が結晶構造を変えてダイヤモンドになる可能性は大いにある。実際、チチュラブ・インパクトの際に全地球上に降り注いだ土の中には、ナノ単位の微細なダイヤモンドが含まれているのだ。恐竜を絶滅に追いやったダイヤモンド——どんどんイメージが膨らんでくる。小説のネタになりそうではないか！

（2002・8・6）

難しいが面白い

十月に出る中篇集『あしたのロボット』の改稿をようやく出版社に渡したところだ。ずっと書き下ろし長編を主体にしてきたためか、どうも小説集はまだ勝手がつかめない。結局、全体の半分近くを書き直してしまった。

「テクスチャマッピングってなんですか?」

と、打ち合わせの場で編集者が訊いてくる。専門用語をどこまで小説の中で使うか、どこまで科学の話をわかりやすく書くかは毎回悩みの種で、編集部の意向を汲《く》みながらどこかで折り合いをつけるしかない。

『パラサイト・イヴ』のときも、生化学者の研究内容を詳しく描いていたので、いざ本にするとき用語の扱いが議論の対象になった。例えば「フローサイトメトリー」である。ひとつひとつの細胞を高速で細管に通し、そこに当てた光の反射光や透過光を解析することで細胞の大きさなどを調べる方法なのだが、わかりやすくといわれてハタと困ってしまった。日本語で何というかわからないのである。辞書を引っ張り出して「流動細胞光度測定法」などと直し、これにルビを振ってみるものの、どうにも格好が悪い。この調子でいろいろ直しているうち、亜流のサイバーパンクのようになってしまった。ある世界での一般用語は、別の世界の特殊用語ということである。

編集者はよく「こんな難しいもの、読者は読めません。もっと簡単に」という。だがここで本質的な疑問に立ち返ることになる。はたして難しいことを「簡単に」書く必要があるのだろうか？「わかりやすく」書くことは重要でも、「簡単に」してしまうと多くの面白さがこぼれ落ちてしまう。以前『BRAIN VALLEY』という脳科学小説を刊行したとき、中に挟み込まれているアンケートはがきで「この小説は難しいですか」「面白いですか」という設問に五段階評価で回答してもらうという試みをしたことがある。結果は実に興味深かった。六割近くの読者が「難しい」と答えたのだが、同時に全体の八割が「面白い」と答えたのである。難しいけど面白い、という状態があるのだ。決して背反するものではないのである。

「日経サイエンス」二〇〇一年十一月号で、作家の高村薫氏が宇宙物理学者の佐藤勝彦氏と対談している。創刊号から日経サイエンスの愛読者だという高村氏は、「一般の人間が科学に興味を持つには、何か理由がいる。それは直観でいいと思います」と述べている。直観的に「好きかもしれない」と思うのが始まりだというわけだ。ところが科学の場合、どこまで理解すればいいのかわからないために、多くの場合「難しい」と思ってしまう。そこで高村氏はストーリーの重要性を指摘していた。なぜその理論や結論が導き出されたのかというストーリーがあれば、興味を持続させて理解することができるというのである。

直観とストーリー。一見、科学と繋がりの薄そうな高村氏がこのように語っていたことは、私にとって大きな励みになった。小説という表現形態は、まさにこのふたつを効果的に読者に伝えることができると私は思う。難しいことを伝えるとき、ヘンに簡単にしてはいけない。直観とストーリーに訴えかければ、難しくても面白くなるのだ。

これを実現するのは難しい。だからこそ、小説を書くのは面白いのである。

（2002・8・13）

花火は過ぎゆく

今年の夏は仕事三昧で、どこへも遊びに行けなかった。お盆前に終わらせるはずだった仕事が幾つも遅れ、後の仕事にしわ寄せが出る。暑いさなか連日パソコンに向かい、かなり消耗していたのだが、この間ほっと一息つくことができた。仕事部屋の窓から花火が見えたのである。

普段は仙台で原稿を書いているのだが、ちょうど見晴らしのいいマンションなので、あちこちの花火大会の様子が窓から見える。先日の花火は町内のごく小さな催しだったが、それでも盆（玉が開いたかたち）が目の前に見えた。花火の音が身体の底に響いて、血がざわざわと騒ぎ出す。わずか三〇分のプログラムだったが、八月初旬の仙台七夕の花火を見逃していたので、ようやく納涼気分を味わえた感じだ。

私の故郷の静岡では、安倍川の花火大会が有名だ。子供の頃、毎年この季節になると、祖父母の住んでいるアパートに親戚一同が集まって、出前寿司をつまみながら窓越しに花火を鑑賞するのが常だった。人混みの中に出掛けてゆくのも楽しいが、高層マンションが増えたいま、窓越しの花火は日本人の原風景のひとつになっているかもしれない。

もう五、六年前のことだが、エボラウイルスのノンフィクション『ホット・ゾーン』で知られる作家リチャード・プレストン氏が来日したとき、彼の本の邦訳を刊行している出版社の方々にお声掛けいただいて、一緒に隅田川の花火大会を見に行ったことがある。浴衣を着込んだプレストン氏と浅草寺を歩き（残念ながら彼はおみくじで凶を引いてしまった）、夕方から私たちはどじょう料理をご馳走になった。障子を閉めた窓の外から、次第に花火の音が聞こえてくる。そわそわし始めたプレストン氏に、出版社の社長が諭《さと》した。最初のうちは食事しながら音だけ聞いて風情を楽しみなさい、後半になってから外に出ていって花火を見上げましょうと。

花火が出てくる物語にはいつも心惹かれる。岩井俊二監督のＴＶドラマ『打ち上げ花火、下から見るか？　横から見るか？』は、港町に住む小学生たちが花火大会の日に、町はずれの灯台まで小さな旅をする物語だ。彼らは花火を真下から見たことしかないので、横側からどう見えるのか、平べったく見えるのではないかと口論するのである。ドラマの途中から物語はふたつに分裂し、真下から花火を見る世界と灯台に上って花火のかたちを確かめる世界が並行して描かれる。私は逆に花火を横からしか見たことがないので、平らに見えるかもしれないという発想のほうに驚いたものだ。

坂口尚の「花火」という短編マンガもいい（チクマ秀版社刊『坂口尚短編集』第四巻に収録）。地方の小さな町に住んでいる少年が、夏祭りの日に美しい少女を見かけるのだ。声を掛けそびれた少年は、毎年花火大会で少女の姿を探すが見つけられない。年月が流れ、初老になったその男は、孫娘と共に久しぶりに夏祭りに行く。すると男の横で、老婦人が優しい顔で花火を見上げていた。あのときの少女だった。彼女もやはり孫と思しき子供たちを連れていたのだ。物語はこんなト書きで終わる。

花火は終わった。
その晩も相変わらず星は光っていた。
地上は夏が過ぎていこうとしていた――
花火は心を止め、夏を連れ去ってゆく。

（2002・8・20）

小松左京氏からの宿題

北海道に行って来た。小雨の降る大沼国際セミナーハウスで、一泊二日のフォーラムに参加したのだ。テーマはロボットと情動である。

出席者は一流の研究者ばかりなので、どちらかというと私は肩身が狭い。だが基調講演を聴いているだけでも面白く、頭が刺激されてあちこちへ連想が及ぶ。脳とカオスの話題が始まった。カオスといえば気象学者エドワード・ローレンツである。大気は地表近くで温まると上昇し、再び上空で冷えると下がってくる。ローレンツはこの対流現象を研究するための数式モデルを提案した。その式ではn番目の状態が決まったときn＋1番目の状態も規定されるのだが、全体を見渡すと一筋縄ではいかない不規則な振る舞いが生じる。部分的には単純でも全体は混沌としているのだ。昨今注目されている「複雑性の科学」の嚆矢《こうし》である。

宇宙もこうした動的変化に満ちているので、途中から観察すると初期状態がわからない。無限の時間にわたって観察して初めて、一番最初の値が何であったか規定できる——そんな話を聞きながら、不意に小松左京さんのことを思い出した。

小松さんの代表的な長編ＳＦ『虚無回廊』は、すでに連載中断したまま十年以上が過ぎている。

再開を切望するファンも多い。そこで小松さんはご自身の雑誌「小松左京マガジン」を創刊されて、続編の構想を固めるために様々な方と対談している。私も以前にそのお相手という栄誉に授かり、生命の起源についてあれこれ話したのだが、対談の最後に小松さんがこんな質問を発したのだ。曰く、「宇宙にとって文学は必要だろうか？」

その後、この命題は自分にとって宿題となった。「文学」のところを科学者は「科学」に、また受験生は「毎日の勉強」に置き換えてみれば、この問いかけがいかに重要で、普遍性を持つものかわかる。

普通に考えれば答はNOだ。文学や科学があろうがあるまいが、この茫漠《ぼうばく》たる宇宙は存在し、続いてゆく。だがこの問いを誰が発しているのか、と考えてみると、また答が違ってくる。この命題を問うているのは誰か。他ならない我々人間である。となれば、この問いは文学や科学をする我々人間の心の意義について問うているようにも思える。

「人間にとって、『宇宙に文学は必要か』という問いかけは必要か？」と設問を変えれば、熟慮の末にYESと答える人も多いはずだ。人間は宇宙や自然を観察し、考察し、何らかの発見をして、それについて表現する。この一連の作業は文学でも科学でも同じだ。表現が積み重なり、共有されることで、宇宙が記述されてゆく。宇宙は自らを記述してもらうために知的生命体を生み出したのではないかとさえ思えるのだが、重要なのは「表現する」ことが人間にとって歓びに繋がることだ。これはなるほどひとつの奇蹟である。

だがカオスの講演を聴きながらふと思った。ひょっとしたら小松さんの問いは文字通りの意味でも答がYESになるのではあるまいか。知的生命体が宇宙を観察し続ければ、この混沌《こんとん》とした宇宙の初期状態が規定できるかもしれない。もしや宇宙は自分の初期値を定めるために文学や科学を必要としたのでは？

妄想を膨《ふく》らませつつ大沼の露天風呂に浸かった。まだ宿題は解けそうにない。

（2002・8・29）

小説への動機

作家・山之口洋氏の書評コラムを読んで、なるほど理系作家の本質をうまくいい当てていると感じたことがある。「小説を書くことには、なにを書くか（内容）、どう書くか（形式）の二つの側面がある。でも、理系の作家はそれとともに、いや、それ以上に、なぜ書くか（動機）を気にする。なぜ自分が人生なかばでこんな世界（注：小説の世界）に入り込んできてしまったのかが、不思議でしょうがないからである」

理系の作家の小説というと、専門用語が羅列されて物語や人物の魅力に乏しいなど紋切り型で批判されがちだ。先日も文庫でメグレ警視ものを読んでいたら、ある男性作家が解説記事でシムノンの洒脱な至芸の対極として科学の小説を挙げており、私はその作家の作品が好きなだけに辛くなった。彼曰く、最近の小説は医者を登場させるなら机を覆い尽くすほど資料を集め、調べたことをどかどか小説の中に書き入れるので勘弁してほしい、医者が登場するならいっそ医者に書かせろという風潮まで生まれている、と。

しかし山之口氏も指摘するように、多くの理系作家は「自分や他人を含めたこの世界をより深く理解するために小説を書くのだ」と考える。世界のモデルを創り上げようとするのは科学者の常だが、モデルを精密に構築しようとするときどうしても生身の「人間」が弾かれてしまう。ここにもどかしさを感じるごく一部の人が、文学の世界に入り込むのだ。私もそうだが科学から小説に至る過程はシームレスで、資料を積むのも世界や人間を描きたいからなのだ。だがこのような動機で書かれる小説は既存のＳＦ枠や文芸の評価軸から外れてしまうことが多く、たいてい奇妙な位置に宙ぶらりになる。

最近、知り合いの科学者がまたひとり小説を書き始めた。筑波大学名誉教授の星野力氏だ。すでにコンピュータや人工生命の分野で刺激的な著作を何冊も上梓なさっているのだが、自意識の謎を悟らないうちは死んでも死に切れないといって小説にその主題をぶつけている。さらには生命や知能の本質的な問題を追究し続けた数学者アラン・チューリングの生涯を丹念に辿り、その成果をフィクションとファクト両方の形式で読者に提示しようとされている。それにしても、星野氏が自分の小説を「ＳＦではない」といい切っているのは興味深い。やはりここにも人間を知りたいという欲求から小説に移行し、またその動機にこだわろうとする科学の書き手がいる。

ウェブサイト「文学メルマ！」に連載された星野氏の長編小説には、研究者である主人公の職場について「砂のように固まらない個人主義の世界だった」という記述があってにやりとさせられた。淡々とした記述の中に、研究者を取り巻く環境や力関係、彼らの世界観が端的に表現されているのだ。主人公は高齢の研究者から理解されず勤め先の研究機関を飛び出し、彼らを見返すべく山のコテッジで自分の研究に没頭する。

SFというジャンル枠に収まってしまえば、意外と多くのことが楽になる。しかしそれでは居心地の悪いごく一部の人たちが、いま世の中のあちこちでもがき、己の立ち位置を探そうとしている。その過程で生まれる小説が、「人間を描いていない」ことなどあり得るだろうか？

（2002・9・3）

切っ先のもどかしさ

仙台の仕事場の裏手に田圃《たんぼ》がある。稲穂が大きく垂れ、全体が瑞々しい緑から少しずつ黄色がかってきて、数日前からはその上をたくさんのトンボが飛び始めた。そして改めて気付いた。昨年の9・11とはこういう時期の出来事だったのだと。

9・11については一度小説で取り上げたことがある。若いロボット研究者が阪神・淡路大震災に遭う。その後彼は災害救助ロボットの研究に携わるようになり、アメリカに留学する。そしてあのテロが発生し、彼は二十時間後に自作のロボットを持ってグラウンド・ゼロに立つのである。

実際あのとき、アメリカのロボット研究者たちが自作の探査ロボットを持って現場に駆けつけている。ロボットが大きすぎて瓦礫《がれき》の隙間《すきま》に入らなかったりとさまざまな課題が残ったようだが、最終的に十二の遺体を発見した。この数字を多いと見るか少ないと見るか。世界貿易センタービルでの死者数はおよそ三千人といわれるが、一方では三百五十人もの消防士が救助活動中に命を落としている。

なぜ一介の研究者が簡単に現場に入ることができたのか不思議だったが、取材してわかった。彼らのリーダーはレスキューライセンスを取得していたのだ。国防総省から予算を得て救助ロボットを開発しており、以前からニューヨーク市警とも懇意だったという。だがおそらくいま日本でテロが起きたとして、日本のロボット研究者が彼らと同様の働きをすることはできない。これは技術の問題ではなく、有事に専門の力を巧く発揮するだけの訓練や環境整備が不足しているからだ。災害現場は自分の庭ではない。他の人々、他の習慣、他の環境とぶつかり合う、いわば世界の「切っ先」である。

いま私はインフルエンザウイルスの小説を書くために、「宮城パンデミック・インフルエンザ研究会」という有志の会に参加している。メンバーは県内の病院、衛生研究所、消防局、行政機関などから集まった十数人。インフルエンザは第一次大戦中に全世界で四千万人を殺したこともあり、決してただの風邪だと侮ることはできない。悪性のウイルスが突如出現したときにプロの人たちがそれぞれどう動くべきか、その徹底したシミュレーションをおこない、緊急時のフレームワークをつくろうというのである。この議論はバイオテロ対策にも有効だろう。だが皆で集まって議論してみると、意外とわからないことが多いのに気づく。原発事故ではどうしている？海外では？　他の文化のノウハウを知らないもどかしさ。外部の人に自分たちの危機感を実感してもらえないことも多い。これも文化の違いだ。

9・11は文明の衝突だといわれたが、文化の衝突ならあちこちで起こっている。救助活動の現場だけでなく、日常の仕事でも幾度となく直面することだ。切っ先の現場が見えたとき、人々はそれを解決したいと考え、そこに己の技術を提供したいと願う。だがその過程で必ずやるせないもどかしさが生じてくる。

あの世界貿易センタービルの崩壊を初めてテレビで見たとき、一瞬感覚が麻痺《まひ》してしまった。だがその後、あの映像はごく身近に溢れる無数のもどかしさの象徴かもしれないと思うようになった。私がテロを防ぐことはできないが、日常の切っ先で感じるもどかしさを、少しでも軽減する努力は続けたいと思う。

（２００２・９・10）

「理科少年」の功罪

最初の小説『パラサイト・イヴ』が出版されてからしばらくは、奇妙な写真撮影の依頼がひっきりなしにやってきた。白衣を着て交差点の真ん中に立つ。同じく白衣を着て緑色のスライムを持つ。虫眼鏡でカメラを覗《のぞ》き込む。笑い事ではない。先方はホラーな科学者というイメージを欲しがるのである。さすがに耐えられなくなってこの手の依頼を断るようになったが、最近はホラーを書かなくなったせいか逆に「理科少年」的なイメージを持たれることも多くなった。これはこれでやや居心地が悪い。

いま高校生向けの講演録を文庫化するために作業を進めている。文系・理系の枠を超えて楽しく学問・創作しようという内容なのだが、編集部側から提示されたタイトル案に「理科少年」や「空想科学」といった言葉が並んでいて悩んでしまった。確かにノスタルジックでイメージ喚起力の強い言葉だとは思う。だが自分はさすがに「少年」ではないし、やっていることも「空想《ファンシー》」ではないといいたくなる。

おそらく「理科少年」とは、「文学少女」と同様に、一種の理想に対する憧れの表明なのだ。だから私が自分で「理科少年」と名乗り、本好きの女子高校生が「文学少女」を自認するのはへンだという感覚である。だが厄介なことに話はここで終わらない。科学者の場合、やはりどこかに「理科少年」という言葉に対する隙《すき》があるのだ。

日本医科大学の太田成男教授と一緒に『ミトコンドリアと生きる』という科学解説書を書いたことがある。このとき科学研究の役割は何かという話になり、太田教授と考えながらまえがきの部分に書いた。そのときの結論として、まず大きな役割のひとつはロマン（物語）だということだった。小さなミトコンドリアから生命の壮大な進化史や人間の生病老死までを縦横に語ることができる。優れた科学研究には必ずそういったロマンがある、ということである。もうひとつは生活の質の向上だ。科学の成果によって私たちはより豊かな生活を送ることができる。

ロマンと実学。このふたつのバランスが、おそらく現代科学の醍醐味《だいごみ》である。研究者ひとりひとりが両者をバランスよく手がけることは難しいが、少なくともそういった気概は心のどこかに残しておきたい。だがロマンを語った時点で、どうしても画一的なイメージが生まれてしまう。地に足のつかない空想を広げていると思われがちで、しかも「かわいい」と好意的に解釈される。

また科学者自身も外部の目を気にするあまり、ロマン性に捕らわれてしまうことが多いようだ。なぜ理科を勉強するのか、と子供に問われたとき、咄嗟《とっさ》に「ロマンだ」といってしまう科学者もいると思う。だが科学の目的をロマンだとしか答えられないのは問題だ。以前にどなたかが、こういった科学者の無自覚な隙を批判していたことがある。

科学者はロマンチストでも構わないが、単なる空想家ではない。第一線で活躍されている科学者と対談すると、彼らが自分の研究内容について目を輝かせながら話すのが印象的だ。しかしその瞳の奥には、必ず「少年」にはない靭《つよ》さが宿っている。その靭さを巧く表現する言葉はないのだろうか？

サイエンティスト、という言葉がもっと靭くなればいいのだが。

（２００２・９・17）

アメリカの科学を描く

日本で科学を描くことの意義について、改めて考えさせられる小説をふたつ読んだ。コニー・ウィリスの『航路』と川端裕人の『竜とわれらの時代』である。

ウィリスの『航路』は臨死体験を扱った感動的な物語だ。臨死体験とは瀕死の状態に陥った人が蘇生後に語る特異な体験のことで、以前は死後世界の実在を証明するものといわれていた。ところが近年アメリカを中心に研究が進み、結局は虚血《きょけつ》に陥った脳が機能回復のためにさまざまな神経整理物質を放出することで生じる幻覚だろうといわれている。

もうお分かりの通り、臨死体験の科学を描こうとしたとき、宗教観や社会文化を無視するわけにいかなくなる。ウィリスの小説では、臨死体験を科学的に解明しようとする主人公の敵役として、トンデモ宗教本を書いてベストセラーを飛ばしているジャーナリストが登場する。このふたりの確執を描くことで、臨死体験研究の現状や仮説、体験者のパーソナリティが巧みに紹介されてゆく。

ところが日本ではこういったオーソドックスな敵役を設定できない。日本人にとって三途《さんず》の川などの死後の世界とはもっと自然で、かつ曖昧な概念であり、決して科学のカウンターパートではないのだ。従って臨死体験を科学するという発想そのものも日本の風土と折り合わない。ウィリスと同じプロットで日本を舞台に小説を書いても絵空事になってしまうのである。

そこで私が以前に『BRAIN VALLEY』という臨死体験小説を書いたときは、アメリカ人の女性研究者を日本に招聘《しょうへい》し、彼女の口から臨死体験研究を語らせるという苦肉の策を取った。主人公の日本人科学者には宇宙人に攫《さら》われるという異常な体験をしてもらった（臨死体験は宇宙人誘拐体験とよく似ている）。さらにUFO番組をつくっているTVスタッフを登場させた。日本で臨死体験を語るには、TV番組のいかがわしさを借りてこなければリアリティがつくれなかったのである。

「科学」とは現時点でやはり西洋のものなのかもしれない。日本で「科学」を描くとき胡散臭《うさん》さがつきまとうのは、同時に宗教や社会文化を描くことの意義が見出せないからではないか。となれば日本人作家の取る道はふたつだ。「日本の科学」を発見してそれを描くか、あるいは欧米を強烈に意識することで宗教と科学の相克を顕在化させ、それによって「日本の科学」を描くかである。

そんな思いもあったので、川端裕人の『竜とわれらの時代』には驚かされた。「恐竜とはアメリカであり、アメリカとは恐竜である」――私たちは子供の頃から恐竜に憧れてきた。それはアメリカに対する憧れと同じだったと川端裕人は看破する。ではその憧れを大人になったいまどう描くのか。この小説の主人公は日本人だ。古生物学者の彼は故郷で発見した恐竜の化石を発掘しようとする。そこに村興《むらおこ》しの思惑や原発問題が絡む。だが同時にアメリカの科学者（自分の旧説に固執し、主人公と対立する）や宗教団体（進化学を否定する）を登場させることで、アメリカと日本の対比が鮮やかに浮かび上がってくる。日本で恐竜学を描くことの意義をこれほど明快に提示した小説は他にない。必読の傑作である。

科学の小説がますます面白くなってきた。

（2002・9・24）

検索と判断

インターネットを自分のパソコンに繋げたとき、まず初めにやってみたのは、自分の名前を検索エンジンに入力してみることだった。この話を他の作家にすると、ああ、やっぱり、と苦笑されることが多い。検索エンジンを使えば、「瀬名秀明」という四文字がインターネットのどこで言及されているか、たちどころにわかる。画面に表示されたリストを読み込んでゆくうち、批判的な文章に幾つも遭遇してぐったりと落ち込む、というパターンまで同じらしい。

インターネットの検索エンジンは、ちょっとした調べものをするとき実に有用だ。あの映画の監督は誰だっけ、とか、あの人の生年はいつだっけ、といったとき、ほんの数分で調べがつく。おかげでここ数年は、どんな原稿を書くにも取り敢えず検索してみる習慣が付いてしまった。ところがときどきふと思うのである。ひょっとしたら私たちは、この気軽な検索機能を手に入れたことで、判断するという能力をいま大きく変化させつつあるのではないか。

というのも、インターネットに載る小説の読者評価が、どうも見えないベクトルらしきものを形成しているように思えるからだ。インターネットには小説を読む人たちのコミュニティが幾つもある。読んだ本の感想を自分のウェブサイトに掲載する人は多い。だが一部の人は自分で感想文を書く前に、どうやらその本のタイトルをウェブ検索して、他人の評価を確認しているようなのだ。

的外れなことを書きたくない、という思いも働くのだろうか。こういった相互検索はかつてプロ書評家の間でよくおこなわれていたと思う。だが他者参照が互いに積み重なると、結果的に奇妙なうねりが生まれてくる。以前に私は『パラサイト・イヴ』の書評の論調が一年間でどのように変化していったか調べてみたことがある。最初のうちは絶賛や苦言など混沌としていたものが、やがてひとつの波をつくり、絶賛が多くなると反動で批判が次に増え、しばらくするとまた絶賛へと揺り戻すといったように、それ自体が組織化し始める様子がはっきりとわかったのだ。個々の書評は個性があるのに、全体を見るとひとつの流れが出来ている。

これと同じことがいまネット上の書評にも起こりつつあるのだ。検索環境の充実によって、それぞれ孤立していたはずの評価が影響を及ぼし合い、ひとつの大きなうねりをつくっているわけで、ロコミとは微妙に違う不思議なコミュニケーションが成立しているように見える。しかも検索の対象はプロの発言者ではなく、互いに一般の市民である。

最近、私は文学新人賞の選考委員を仰せつかって、まったくの新人の応募作を読んでいる。そういう体験をしてようやく、インターネットに初めて繋いで自分の名前を検索した日の意味を明確に理解した。新人賞の選考では、手渡された原稿以外に判断を助ける情報は何もない。ただ単純に小説を読んで、自分の信念でジャッジを下す。これが実にシビアに感じられるのである。

自分の考えをこうだと決めること、と広辞苑は「判断」について説明している。私たちは検索という豊かな環境を入手した。それとうまくつきあいながらも、以前よりずっと高度な自己判断能力を鍛えなければならない。「自分」という言葉が途方もなく重い。

（2002・10・1）

自著を謹呈する

科学研究の世界で、なるほどいいなと思った習慣がある。論文の別刷りを気軽に進呈すること、そしてきちんと礼状を送ることだ。

科学者は自分の論文が学術雑誌に掲載されると、たいてい数十部から数百部の単位で別刷りをつくってもらう。自分の論文の部分だけを簡易製本した小冊子で、その費用は著者が支払う。研究仲間に配るだけでなく、自分の仕事に興味を持ってくれた人に無料で差し出すのだ。

投稿論文でなく一冊の本を書き上げたときは、さすがに金額が張るので気軽に進呈することはないようだが、それでも受け取った側はハガキやメールで礼状を出すことが多い。恵贈御礼のハガキのフォーマットをあらかじめつくっている人もいる。多忙な科学者ほどそういったことに気配りが利いていて、流石《さすが》だなあと感激したことが何度かある。

そこで昨年から、私もその習慣を文筆業に取り入れることにした。作家にも自著を謹呈し合う習慣がある。そこで新刊をいただいたときは、必ずお礼のハガキを返送するのだ。拝受したときにすぐ読めるわけではないので、あまり感想を書き記すことはできないが、そういう場合はこちらの近況を一筆でもフォーマットの欄外に書き添えておく。

ただし同じ謹呈でも、科学と文学の世界では意味合いが異なる。まず作家は科学者と違い印税で生活しなければならないという大前提がある。それに作家はとにかく毎日たくさんの資料本を読むので、謹呈先の人がすぐにはその本を読めないことを心得ている。つまり作家にとって謹呈とは「こちらも元気で仕事をしていますよ」という近況報告なのだろう。送り送られた段階で双方の作業が終了してしまうのはそのためだ。複雑さを嫌っていっさい自著謹呈しない方も多いが、それはそれで尊重すべきポリシーなのである。

しかし本来は気持ちの問題であるが故に、謹呈作業にまつわるトラブルは後味が悪い。自著の発売間近になると、作家は謹呈先のリストを出版社に伝え、送付作業を委託するのが通例だ。ところが某出版社は数年前までこの発送が非常に遅かった。何日も前から書店に並んでいるのに謹呈本が届かない、というのは、もらう側にとってみるとストレスが溜《た》まる。催促するわけにもいかず、かといって無駄に購入するわけにもいかない。せっかく気持ちを込めて謹呈しても、発送が遅いと相手に負担をかけてしまうのである。

謹呈者が誰なのかわからずに困ることもある。以前、あるシンポジウムに参加したのだが、主催者が後日その内容を纏《まと》めた豪華な本をつくってくれた。日頃からお世話になっている人に謹呈しようと思い、主催者にリストを渡してしばらくすると、頻繁《ひんぱん》に問い合わせのメールが私のもとへ届くようになった。何の説明もない本がいきなり届いて戸惑っているのだが、ひょっとしてあなたの仕業か、というのである。主催者は何も書き添えずそのまま郵送してしまったのだ。却って相手を煩《わずら》わせてしまい、酷《ひど》く恐縮したものである。

科学の世界の気軽さは、あくまで個人と個人の間で生まれていた。だがその間に第三者が入る出版業界は、謹呈の気軽さからしばしば「思い」が抜け落ちてしまうような気がする。本をいただくのはいつでも嬉しい。だからこそ「思い」も一緒に届けたいのだ。


（２００２・10・8）

フランスとライト兄弟

フランス語を習い始めた。ある雑誌に一九一九年のフランスが舞台の小説を書き始めたのだが、当時の時代背景や、舞台となる町のことを調べようとすると、どうしてもフランス語を読まなければならない。最初は誰かに抄訳してもらおうと思ったのだが、金額を考えると自分で講習を受けたほうが安上がりである。とはいえ、まだ勉強を始めたばかりなので四苦八苦の状態だ。

作家には資料を山ほど使うタイプとまったく使わないタイプがいるが、私は明らかに前者である。理科系の大学を出たためか、一作毎に何か新しい知見と考察を盛り込まないと落ち着かない。もとから本が好きなこともあり、関連する書籍を片端から読みたくなる。知っていることよりも知らないことのほうが書く意欲も湧くのだ。そのためか、もともと生命科学を専門としていたにもかかわらず、ここ数年は工学や歴史に興味を持つようになってきた。

フランスが舞台の小説では、サーカスの少女が航空エンジニアを父に持つ少年と出会い、飛行機に乗って冒険を繰り広げる。舞台となるノルマンディのガイドブックをフランス語で読みたい。あとは初期航空工学の解説書だ。たどたどしくページを捲《めく》りつつ、日本語や英語で書かれた参考文献にも目を通している毎日である。こういったとき、資料の中から別の小説のネタが立ち上がってくるから面白い。

今回勉強して初めて知ったのが、ライト兄弟の業績だ。来年は彼らがフライヤー号で飛んでからちょうど一〇〇年に当たる。それ以前にも飛行機の研究はあった。リリエンタールや、日本の二宮忠八《ちゅうはち》が有名である。ではなぜライト兄弟が飛行機の発明者として認知されているのか。

リリエンタールや二宮忠八がつくっていたのはグライダーだった。単に機体を傾けただけでは、飛行機は曲がれない。慣性の法則に従ってそのまま直進してしまう。だがライト兄弟は飛んでいる鳥の翼をつぶさに観察し、左右の羽根をねじることで旋回できることを見抜いた。そして翼ねじりの原理を取り入れ、世界で初めて旋回できる飛行機を開発したのである。それまでの飛行機は真っ直ぐにしか飛べなかったのだ。気球の時代から航空工学の先駆者を自認していたフランス人は、ライト兄弟のデモンストレーションを見て強いショックを受けたという。

ところがここからが興味深い。ライト兄弟のアメリカはその後航空工学が停滞し、逆にフランスは一気に開発が進み、第一次大戦でも名機を提供し続けた。なぜかというと、ライト兄弟が自

ライト兄弟の初飛行（ノースカロライナ州キティホーク，1903年）

分たちの飛行機の特許に固執したからだというのだ。アメリカはライト兄弟の特許を承認した。しかし本来、翼ねじりは飛行の原理であり、ここを特許で押さえられてしまうと他の人は飛行機の開発が不可能になる。飛行デモを見たフランス人たちは、翼ねじりが飛行の原理だと即座に見抜き、特許など無視してどんどん自国開発を推進した。これが両国の飛行機産業の差となって現れたというのである。

別の小説の取材で、半導体の研究者と話す機会があった。雑談でこの話をしたところ、なるほどと彼は大きく頷《うなず》いたのだ。停滞気味の日本の半導体産業と絡めて思うところがあったらしい。この頷きにピンと来て、新しい小説の構想が固まった。リンクの枝はまだ広がりそうである。

（2002・10・15）

人々の歌が聞こえるか？

数年前、ワシントンDCに短期留学したのがきっかけで、ミュージカルが大好きになった。私の後輩にあたる研究者がそこにある国立の研究施設に勤めており、私は彼の伝手《つて》を辿って滞在したのである。

彼はもともとイギリスのグラムロックを好んでよく聴いていたが、アメリカで彼の車に同乗したところ、いきなりバーブラ・ストライザンドの「メモリー」が流れ始めた。趣味が変わったのかと訊くと、最近はミュージカルに嵌《はま》っているという。たまたま『レ・ミゼラブル』を見る機会があり、いっぺんで虜《とりこ》になったというのだ。しかも、ちょうど休暇が取れるから一緒にブロードウェイに行って観劇しよう、とまでいい出すのである。

それまでミュージカルといえば子供向けの着ぐるみショーのイメージしかなかったのだが、何が彼をこれほど変えたのか興味を惹《ひ》かれ、ふたりで出掛けた。昼間は互いに別行動で観光にいそしむ。夜になったら落ち合い、ふたりでチケットの格安売り場に出掛ける。あるいはキャンセル待ちの列に並ぶ。そんなことを連日繰り返し、私たちは『キャッツ』などロングラン公演を片端から制覇していった。ブロードウェイの劇場は意外と狭く、気さくで、それほど構えて入場する必要もないことにすぐ気付いた。『RENT』では最前列に主演俳優の追っかけ少女たちが陣取っていた。主役が初登場し、机に腰掛けてギターを鳴らす。その目線の先を彼女たちは計算していた。主役が歌い始める直前、彼女たちは手を振り、嬌声《きょうせい》を上げるのだ。私がいちばん感銘を受けたのは『ラグタイム』である。二〇世紀初頭、アメリカに移民たちが続々とやって来た時代から始まる群像劇だ。実在した人物が続々と登場し、黒人の人権問題までが取り上げられる。複雑なテーマを見事なストーリーと楽曲で描き切っていた。ミュージカルこそ、物語の強さを最高に洗練したかたちで提供しているエンターテインメントだと確信した。

小説家は、読者を感情移入させることに何よりもまず腐心する。だからこまごまと登場人物の内面を描く。読者はそれを辛抱強く追わなければならない。だがミュージカルは、一瞬の音でその場の状況や雰囲気を説明してしまう。歌い手に注目させるので、感情移入する相手が明確になる。だからこそ物語のエッセンスが前面に出てくる。面白さとつまらなさの境がはっきりしているのだ。

昨年、私の住む仙台で劇団四季が初めてロングラン公演をおこなった。演目は『オペラ座の怪人』だ。劇団四季の名前など知らない人も多い東北で、このインパクトは強烈だった。教師に引率されてやって来た中高生たちも度肝を抜かれていたらしい。エンターテインメントには幾つもの形態があるという単純な事実も、地方に住んでいるとわからない。だがひとつでも多くの形態を知っていたほうが、確実に人生は豊かになる。

私が観たいと思ってまだ果たせていないのはディズニーの『アイーダ』。この原作を書いたエジプト考古学者の生涯を、自作『八月の博物館』で取り上げたことがあるのだ。後輩の彼はこの九月に日本へ戻ってきた。彼が結婚するときは披露宴《ひろうえん》の席で『レ・ミゼラブル』の「Do You Hear the People Sing ?」を歌うと約束しているのだが、こちらもまだ果たせていない。

（2002・10・29）

ノーベル賞のある街角

今年のノーベル賞で、東京大学名誉教授の小柴昌俊さんと、京都の島津製作所の田中耕一さんが受賞された。まず小柴さんの受賞の報道を知ったときは、白川英樹さんや野依良治さんのときと同じように、単純に日本人として嬉しかったのだが、続いて田中さんの受賞を知ったときはびっくりした。服装に頓着しないあたり私と同じで、何だかとても親近感が沸く。私も大学では島津の測定機器に助けられたものだ。

別の新聞で今回のノーベル賞に関するコメントを求められ、お二人の受賞が日本の科学研究と機器メーカー、そしてそこで働く技術者たちの豊かな関係性を指し示すものだという話を書いた。

小柴さんの巨大ニュートリノ測定装置「カミオカンデ」で使われている光電子増倍管は、浜松ホトニクスが独自に開発したものだ。島津も「浜ホト」も決して大企業ではない。だが科学者たちに愛され、科学研究を推進させる底力となってきた。そういう相互の繋がりがうまく一般市民にも伝わったという点で、今回の同時受賞はとても意味があったと思う。島津や浜ホトのウェブサイトを見ると、本当に晴れがましそうで、見ているこちらも頬が緩んでくる。

だが今回の同時受賞がどこかほんわかと温かいのは、やはりお二人の対照的な人柄がうまくブレンドされて、とても身近な感じがするからだろう。小柴さんのときに厳しく、ときに愛らしいお爺さんぶりも素敵だが、田中さんもキャラが立っている。

いま、東北大学の電気工学科の正面には、大きく「昭和五八年度卒業　田中耕一氏ノーベル化学賞受賞　おめでとうございます！　二〇〇二年一〇月　電子・応物・情報系教職員一同」というパネルが掲げられている。ロビーの隅には急遽《きゅうきょ》用意されたらしいガラスの展示ケースが置かれ、その中には田中さんの卒業論文のコピーが収められていた。手書きで、その筆跡は朴訥《ぼくとつ》な感じである。ケースの上には田中さんの在学中のスナップ写真が飾られている。近くに置かれていた学内新聞を捲《めく》ってみると、①日本の学術文化発展に貢献した、②東北大学の教育・研究に貢献した、③在学中の後輩・研究者らの励みとなった、との理由から名誉博士号を贈ることを決定したとある。ふるっているのはその次で、「在学中の成績は今ひとつだったという田中さんを身近に感じる多くの後輩達にも、大きな夢と希望と、自信を与えてくれる受賞だった」と結ばれている。わざわざ今ひとつだなんて書かなくてもいいのにと思うのだが、それを笑って許せてしまうのも、田中さんのはにかんだ微笑みがあればこそである。

静岡出身で東北大卒の私など、これだけでおふたりに気持ちが傾く。ノーベル賞はこれまで、多くの人にとってオリンピックの金メダルと同じだった。だが小柴さんと田中さんの同時受賞によって、「おっ、このノーベル賞はどこかで自分と繋がっているぞ」と思えるようになってきたのではないか。賞のリンクが広がり、賞の眩しさが街角に降りてきた。これは私たち日本人にとって大きな転換だと思う。そしてノーベル賞級の研究を支えているのは、私たちのすぐそばにあるメーカーなのだ。日本でノーベル賞関係者がもっと増えればいい。親しみがもっと広がればいい。科学の浸透とはそういうことだ。

（2002・11・5）

007とピーター・パン

どうも年末になるとばたばたして映画を観る暇がなくなる。最近は知人がこぞって『たそがれ清兵衛』を絶賛しているので、これは早く観に行かなければと思っているのだが、まだ時間が取れない。最近はどうもロードショーを観逃すことが多くなってきた。とはいえ、今後公開予定の映画で絶対に観ておきたいものが二本ある。００７シリーズの新作『ダイ・アナザー・デイ』と、ディズニーの新作『ピーター・パン2　ネバーランドの秘密』だ。

実はいま、地方新聞数紙に小説を連載しており、ここで００７の原作者イアン・フレミングを登場させている。内容はダイヤモンド半導体や深海微生物の謎を探るハイテク・スリラーなのだが、その謎を解く手がかりを、かつてのフレミングが握っていた、という設定である。日本人ならシリーズの異色作『００７は二度死ぬ』を覚えていることと思う。映画と小説版では若干内容が違うのだが（映画の脚本は『チョコレート工場の秘密』のロアルド・ダール）、英国の秘密諜報員ジェイムズ・ボンドが日本で活躍するという基本設定は同じだ。

作者のイアン・フレミングは、一九五九年と六二年の二回、実際に日本を訪れている。最初の訪問はわずか三日間だったが、ちょうど来日していたサマセット・モームと連れ立って講道館で柔道見学をしたり、ちゃんと芸者遊びに興じたりしている。このときの印象が強かったらしく、彼は長編の取材のために再び日本に舞い戻ってくるわけだ。彼は小説版のボンドとほぼ同様の経路を辿《たど》って、実際に日本列島を縦断したらしい。私の小説では、このときにフレミングがダイヤモンドにまつわる諜報活動をおこなっていた、ということになっている。

調べてみるとフレミングは非常に興味深い人物で、秀才だった兄ピーター（こちらも作家だった）の呪縛から逃れようと努力し続けた。彼は冬になるとジャマイカの別荘「ゴールデンアイ」に籠《こ》もり、ダイビングを楽しみつつ、黄金のタイプライターで００７の新作を書いた。現在そこはリゾートホテルになっている。

どうやら今度の007映画では日本家屋が登場するらしい。予告編では主演のピアース・ブロスナンがめっきり老けてしまった印象で、若干の不安が残る。最近はどんどんフレミングの世界観から離れて、ただの派手なアクション映画になっている007だが、とにかく久々の新作なので楽しみにしている。

もうひとつの注目作『ピーター・パン2』だが、こちらも原作絡みで興味がある。舞台劇の『ピーター・パン』は、主役のピーターを女優が演じる慣例になっている。これは作者のJ・M・バリがアメリカの女優モード・アダムズに惚れ込み、彼女のためにつくった戯曲だからだ（もちろん007映画に二度出演したモード・アダムズとは綴《つづ》り違いの別人）。アダムズ嬢は舞台演劇にこだわり、映画に一切主演しなかったため現在は忘れられているが、その彼女の生涯をモデルにした映画が恋愛ファンタジーの傑作『ある日どこかで』である。創元推理文庫から刊行された原作小説の巻末解説に、私は彼女の話を詳しく書いた。ピーター・パンを生んだ女優のポート

モード・アダムズ（1872〜1953）

レイトを、ぜひ確認してほしい。その凜《りん》とした魅力は永遠である。

（2002・11・12）

ゲノムを語り合う

福岡で開催された「ゲノムひろば」のトークセッションに出席した。いよいよ来年にはヒトゲノムの完全解読結果が公開される予定で、その後は遺伝子同士の関係性や、遺伝子が作り出すタンパク質の働きなどの研究に重点が置かれるポストゲノム時代となる。このゲノムひろばでは日本の主要な研究機関から百名規模の科学者が一堂に会し、自らの研究成果を語り、市民と直接交流しようという訳だ。このイベント最大の特徴は、運営予算が国民の税金で賄われていることにある。これは文部科学省の科学研究費によって推進された、ゲノム研究の一環なのだ。英断だが私は大いに賛同したい。

会場に入ってみて驚いた。想像以上に展示内容が専門的なのだ。そもそもゲノムとはなんぞや、という問いに答えるコーナーもあるが、ごく小さい。その代わりスタッフや科学者らが、来場者の脇に立ってひとつひとつ口頭で説明してゆく。そこを抜けると、研究グループの展示ブースがずらりと並ぶ。ポスターはどれもフルカラーだ。普段の学会発表より何倍も手が込んでいるに違いない。またゲノムもヒトばかりではなく、ホヤや線虫、チンパンジーなどについての紹介もあり、ゲノム研究の幅広さをアピールしていた。分析機器も実物が展示され、各社の社員が説明してくれる。

来場者の平均年齢は低く、高校生や大学生の姿が目立った。各研究室からやって来た教授や大学院生らが、彼らを前にして熱心に自分の研究内容を説明する。その光景を見てやはりこれだと確信した。何といっても科学者は自分の研究を語るときもっとも輝く。多少難しい内容でも、その熱意は若い世代に伝わるものだ。この現場の熱意を見くびってはいけない。こういった科学イベントを開催するとき、ともすると主催者は「あまり難しくすると来場者がわからなくなるから簡単に」と手加減しがちだ。結果的に基本ばかりが幅を利かせ、最先端の研究内容が持つ熱意が取りこぼされてしまう。だから若い世代にはむしろ情熱とおもしろさをもっとストレートに伝えた方がよい。その意味でもこのゲノムひろばの方針は正解だと私は感じた。

さて、トークセッションではゲノム医科学がもたらす病気のリスク評価や発症前診断、さらにはそこから派生する生命倫理のことを中心に意見交換がなされた。どれも難しい問題で、すっきりとした答は出ない。臨床現場では圧倒的な事実を前にさまざまな思惑が絡み合い、どうしても倫理問題が難しくなってしまう。

これは私個人の意見だが、複雑な臨床の場での生命倫理より、研究現場の生命倫理をまず真剣に考えてみた方がよいと思う。私も大学院生の頃はそうだったが、自分の調整したＤＮＡ試料と、臨床現場での倫理問題がどうしても実感として繋がらないものだ。自分は面白いから情熱をかけてゲノムを研究する。その感覚は蔑《ないがし》ろにされるべきではない。だがその情熱を、まずは大学院生が、そして科学者自身が、自らの中で生命倫理と結びつけることである。それができないうちは、臨床現場の倫理など確立できないだろう。そしてその実感を得るためには、科学者にとってゲノムひろばのような交流の場が不可欠なのだ。

そこに作家である自分は何ができるか？　科学の熱さを存分に吸収した一日だった。

（2002・11・19）

図が遠ざかる

驚いたことに、大学勤めの研究者から文筆業主体になって、明らかに自分は図を描かなくなった。

研究をしていた頃、とにかく図を描くことが毎日の仕事の中で大きなウェイトを占めていた。学会発表の場ではポスターセッションにしろ口頭発表にしろ説明を補助する図表が必要である。日々の講義でも黒板に図を描く。実験をするときはその手順をまずフローチャートで描き、思考をまとめるときには模式図を描いてみる。自分で見るだけなら手書きでも充分だが、誰かに見せるときはパソコンのドローイングソフトで仕上げなければならない。わかりやすく美しい説明図を完成させようとしてのめり込み、気がつくと一枚の図に数時間をかけていた、などということはしょっちゅうだった。図を使って考え、図を使って他人とコミュニケートするのが当たり前のことだったのである。

ところがいまは、小説の構想を練るときも図を描かない。せいぜいが舞台となる町や家屋の見取り図である。日常生活では図を描く機会などまったくというほどない。これに気づいたのは、先日のゲノムひろばの会場でのことだ。科学者たちは自分の仕事を一般の人に伝えるため、カラフルな図表をたくさん用意していた。ところが一般人の役回りである私は、セッションの席上でせいぜい箇条書きのスライドを見せる程度である。スクリーンに投影された画像の印象が明らかに違う。この変化は、ひょっとして日々の思考過程にも影響を及ぼしているのではないか。

科学書やビジネス書では明快な図表の作成に腐心する一方、文芸書ではまず図を用いない。私は自著の中で図を導入したことがあるが、むしろ「そんなものに表現を頼るのは邪道。文学なら文字情報だけですべてを伝えるのが望ましい」といった反応があった。むろんこれは見方の問題で、文学とは図のない不自由さの中で表現を模索する芸術形態だという意味に過ぎないのかもしれない。だが物語を構築するときにも図が無意識のうちにオミットされるのであれば、思考そのものが制限されているわけで深刻な事態だ。

最近、図解コミュニケーション技術の向上を勧める本がよく売れているらしい。『図で考える人は仕事ができる』などの著者である久恒啓一さんとは以前に同じ大学で勤めていた。どうやらこの「仕事」という言葉が鍵を握っていそうだ。日常生活で図を描かないのは「仕事」と縁がないからだろうか？　では「仕事」とは何だろう？　小説を書くことは「仕事」だろうか？　今度久恒さんにお会いしたら聞いてみよう。

もうひとつ思うのは、もしかすると図とは私たちの「専門性」を援助する道具なのかもしれないということだ。科学者は自分の専門分野を持ち、その分野について日々図を描く。彼らがゲノムひろばで一般向けのプレゼンテーションを用意できるのも、自分の専門を図としてストックしているからだ。ところが私は毎回新しくスライドをつくらなければならない。いつも違うテーマで話すからだ。

「仕事」とは自分の専門性を明確にする作業なのだろうか？　個々の要素を統合し全体を俯瞰《ふかん》する際に図がよく用いられる。その行為も一種の専門性に過ぎないのか？　意外とこの問題は奥が深いような気がするのだ。

（２００２・11・26）

街が光と呼吸する

この時期になると、街のあちこちでクリスマスの電飾が光を点《とも》す。

私の住んでいる仙台でも「光のページェント」が有名だ。繁華街を貫く道沿いの街路樹が、電球で一斉に輝くのだ。さながら銀河のようで、その下の遊歩道を歩くのはなかなかロマンチックである。最近は不況の煽《あお》りを食って資金調達に苦労しているようだが、すでに仙台の風物詩である。クリスマスが近くなると、サンタクロースの扮装《ふんそう》に身を包んだボランティアたちがページェントの下で交通整理やゴミ拾いなどに当たってくれるのも嬉しい。

繁華街から少し外れたところに位置する東北大学も、車道沿いに立つ一本の巨木が飾り立てられる。半導体の研究で知られる東北大のことだから、きっと発光ダイオードを使っているのだろう。

子供の頃、クリスマスツリーの飾り付けをするのは楽しかった。ツリーといっても実家は狭いアパートだったので、毎年使っていたのは高さわずか数十センチのおもちゃである。ビニールと針金で出来ており、吊り下げる小物や枝に巻き付ける電飾コードもセットになっていた。この電飾は時間が経つと次第に明滅を始めるのだ。確か二、三本のコードに枝分かれしており、それぞれのラインで微妙に明滅の間隔が異なっていたことを覚えている。ツリーの光るパターンが少しずつ変化するのだ。例えば、最初のうちはツリーの左側と右側が交互に光っていたのに、だんだんと右側が左に追いついてゆき、やがてツリー全体が同調し始める。そして一瞬、完璧に光の明滅が合わさったかと思うと、また刻々とずれてゆくのだ。それが子供心になぜか面白く、じっと見入っていたものである。

小学校を卒業してから一年間、親の仕事の都合でアメリカのフィラデルフィアに暮らしたことがある。郊外に位置する、公園とアパートが一体化したような区画に家を借りて住んだ。日本人学校はなく、私は近くのカトリック系学校に通った。とうぜん、英語はよくわからない。私はたぶん無口になっていたのだと思う。見かねたシスターが、授業を受ける代わりに教室の隅に私を連れて行き、毎日エッセイを書くよう指示した。アメリカにどうやってきたのか、好きなスポーツは何か。英語で書いて授業の終わりにシスターに渡し、添削してもらうのだ。シスターはやがて、私が絵を描くのが好きだと気付いた。クリスマスが近くなったある日、私は学校の地下室に連れて行かれた。そこには子供用の木製の木馬が置かれていた。シスターの親戚の子にプレゼントするのだという。素敵な色を付けてほしい、といわれ、私は何日かペンキと格闘した。

家の周りは芝生が美しく、リスの姿をよく見かけた。あれは夏のことだったと思うが、大きな木に蛍《ほたる》の群が集まり、淡い光を点し始めた。その様子を静かに見ていたことだけを覚えている。最初のうち、各々がばらばらに光っていた蛍たちは、やがて少しずつ同調を始めた。木全体がゆっくりと光り、そして翳《かげ》り、また膨らむように灯る。まるで木と蛍が一体となって呼吸しているようだった。

クリスマスの電飾と共に、たぶん街は呼吸をするのだ。新年がやって来る前に、清らかな冬の空気を取り込むのだろう。

（2002・12・10）

おとぎの国の科学

世界がおとぎの国のように輝く今夜、ささやかな魔法を紹介したい。

ミステリーが好きな方はブラウン神父をご存じだろう。この名探偵を創造したのが、イギリスの作家G・K・チェスタトン（一八七四〜一九三六）だ。彼はそのでっぷりした体格といかめしい顔つきの通り、まさに言論の巨人だった。小説だけでなくシェイクスピアやディケンズの評伝をものし、売られた喧嘩《けんか》はすべて買って論壇を大いに湧かせ、新聞にエッセイを書きまくり、一流の逆説で名を馳《は》せた。彼は平凡を愛し、庶民を信じ、正統や伝統を好んだ。彼の手に掛かると形だけの反体制はたちまち化けの皮をはがされてしまう。彼はまた敬虔《けいけん》なカトリック信者でもあり、正統が正しく力を持つ社会を心から望んだのである。

その彼が生前にキリスト教の反対陣営として鋭い舌鋒《ぜっぽう》を向けたのが現代思想と科学だった。なぜ木の葉は緑なのか？　科学は自然界の法則を提示するようだが、人間はそんな法則など実際には理解できない。法則なんて神秘主義だ。そんな彼が本当に納得できた言葉は、おとぎの「魔法」だけだった。科学者は常識とか実証というけれど、彼らの描く宇宙など窮屈《きゅうくつ》なからくりに縛られて、自由意志の入る余地もない。現代社会は科学的宿命論にとらわれすぎている。これがお

G・K・チェスタトン（1874〜1936）

とぎの国の哲学なら、木の葉は真紅でもあり得る。だからこそ緑であることが無上の喜びとなるのではないか。雪が白いのを喜ぶのは、黒であったかもしれない不敵な力強さを感じるからだ。

世界中の色彩が一気に起ち上がって眼前に迫ってくる、この一流の逆説。科学側の分が悪いのに、私はチェスタトンに強く共感してしまう。なぜだろう？　たぶんそれは、チェスタトンが偽りの科学を糾弾《きゅうだん》しているからだ。科学を笠に着た虚《むな》しい権威に異議を唱えているからだ。チェスタトンがいうおとぎの国こそ、実は優れて科学的な発想なのではないかと私は思う。本来私たちが科学をするのは、まさしくチェスタトンのように、世界をおとぎの国との対比で驚くからだ。その謎を解明したくて私たちは科学の手法を使う。複雑な宇宙が単純な法則によって動いていることに驚き、木の葉が緑である理由を知って驚く。全く別の世界になり得たかもしれないのに、いまこうしてこの世界があることの不思議を、本当の科学は見せてくれる。

だがときに私たちはその本質を忘れ、科学の側にいることを免罪符にし、そうでない人たちに不遜《ふそん》な態度を取っていないか。科学が正義であると思いこんではいまいか。チェスタトンは死んだからくりのように太陽の運行を語る唯物論者を嫌う。人間世界に変化をもたらすのは生命ではなく常に死である。ならば毎日規則正しく昇る太陽は死ではなく、いきいきとした子供だ。いつまでもその動きに飽《あ》きないからだという。なんと素敵な想像力だろう！

いかにして私たちは、我々の住むこの世界に驚嘆しながら、しかも同時にそこに安住することができるか。私たちはこの世を変える価値があると思えるほど、この世を愛することができるか。チェスタトンのメッセージは、聖夜にこそ私たちの心に伝わるような気がする。

クリスマスには魔法を夢見よう。私たちが世界に溢《あふ》れる色彩を再発見したのなら、それは最高の奇蹟なのである。

（2002・12・24）

3章

ヒトとロボットの未来社会

対談◆神山健治×瀬名秀明

ここに収録した対談は、二〇〇五年一月一九日に金沢工業大学において、公開講座「実験空間〝創造学〟」（第七三回）としておこなわれたものである。

金沢工業大学は以前からマスメディアで活躍するアーティストやプロデューサーなど多彩な人材を招き、学生自由参加の公開講座をシリーズで開催して、積極的な啓発活動を推進してきた。大学の講座でありながらデジタル・トウキョー株式会社が企画参加していることも特徴のひとつである。

この対談はサブタイトルにある通り、神山健治監督が手掛けたテレビアニメシリーズ『攻殻機動隊 STAND ALONE COMPLEX』（以下、他の『攻殻機動隊』作品と区別するため『SAC』と略す）を主要モチーフとして用いながら、ロボットと人間社会の将来ヴィジョンを探ろうとしたものだ。金沢工業大学ではロボット工学を目指す学生も多く、当日は実際に学生の製作したヒューマノイド・ロボットのデモンストレーションも取り込みつつセッションが進行した。ちょうど神山監督は第二シーズンの『攻殻機動隊 S.A.C. 2nd. GIG』（以下『2ndGIG』と略す）の仕事を終了されたばかりで、クライマックス以降の展開に期待を膨らませた時期の対談となった。

私（瀬名）がロボットアニメや現実のロボット研究の歴史を紹介し、神山監督の世界観を伺うというかたちでのセッションである（ところどころで長く話しているのは、図表をスクリーンに投影しながら説明していたためである）。つまりここで主役は神山監督であり、私は司会役として一歩退いている。私は自分の意見を積極的に述べるのではなく、相手の発言を引き出すことによって自分の問題意識を振り返るという立場を請け負っている。『科学の最前線で研究者は何を見ているのか』以降、私はこのような仕事に数多く恵まれてきた。神山監督との対談もその成果のひとつである。

真似をすることで見えてくる個性、という話題が出てくるが、振り返ると私はインタビューをするときにまず相手の経歴を伺い、そこに自分を合わせてゆこうとするようだ。相手のキャリアが起ち上がってくる瞬間に、自分を共感させようとするのである。その上で相手との考え方の違いを伺ってゆくことが多い。その意味でも神山監督のお話は象徴的であった。

対談の収録をご快諾いただいた神山監督、そして金沢工業大学とデジタル・トゥキョー株式会社の皆様に心から御礼を申し上げる。

〈神山健治略歴〉

アニメーション演出家、監督。当初背景及び美術監督として活躍していたが、九四年頃からゲームのムービーパートなどの演出で才能を発揮。美術出身の演出家として注目を集める。押井守のワークショップ〈押井塾〉の出身で、『人狼 JIN-ROH』の演出、『BLOOD THE LAST VAMPIRE』の脚本、『攻殻機動隊 STAND ALONE COMPLEX』テレビシリーズでは監督を務める。プロダクションI・G所属。

日本のロボット研究

瀬名　神山さんは一九六六年生まれですね。ぼくは六八年生まれですから、少し年齢が下になります。神山さんは子供の頃、どんなロボットアニメを見て、どんなロボットマンガを読んでいたのですか。

神山　そうですね、ぼくが最初にロボットもので衝撃を受けたのは『マジンガーZ』（一九七二～七四年TV放映）という作品で、巨大なロボットに自分が乗り込んで操縦するタイプの先駆けだったと思います。自分でロボットを動かすという夢を初めに体現させてくれたアニメで、ぼくの中ではとても大きかったです。それから、もしかしたら実在するんじゃないかというくらいリアルな形でロボットを表現した『機動戦士ガンダム』（一九七九～八〇年TV放映）。このふたつはぼくがこの仕事をするきっかけになったような作品です。

瀬名　ロボットって幾つかのタイプがありますよね。鉄腕アトムのような、自律型といって、自分で考えて動くもの。アラレちゃん（『Dr.スランプ』）やドラえもんもこのタイプです。それから鉄人28号みたいにコントローラーで動かすもの。

マジンガーZは搭乗型で、自分で巨大ロボットに乗り込むわけです。でも普通の搭乗型とは違っていて、たぶんマジンガーZで衝撃的だったのは「パイルダー・オン」ではなかったですか（笑）。

神山　ええ、あの合体っていうのが。

瀬名　ホバーグライダーみたいなものに乗って巨大ロボットの頭の上に入るじゃないですか。上手く入らないとなかなか操縦できない。当時、ダイナミックプロだと『ゲッターロボ』（一九七四～七五年TV放映）というのもあって、こちらは三体のロボットが空中で合体できて、合体の仕方によって形状が変わる、というのをやっていたわけですよね。

搭乗型はガンダムの後もいろいろ出てきますが、その流れの中に『機動警察パトレイバー』（一九八八年、漫画とビデオアニメのメディアミックス作品として登場）もあったと思います。パトレイバーはいかがでしたか？

神山　そうですね。パトレイバーはスーパーロボットに対してリアルロボットの最終形態みたいな形で、アニメ界に登場したと思います。ここでロボットものというジャンルのとどめを刺してしまったというか、ぼくの師匠である押井守監督がつくったわけですけど、ロボットが物語の中に登場する意義みたいなものを突き詰めていった結果、ロボットアニメ自体の寿命を縮めてしまったようなところがある作品です。

瀬名　寿命を縮めたとは？

神山　時代が追いついてきたというのもあると思うんですけれど、スーパーロボットというのは完全に絵空事で、動力源がどうなっているかとか正確な設定は基本的に無視しているわけです。

パトレイバーにおいては、実際に人間が搭乗したとしたらどういう現象が起きるかとか、いろいろなところにこだわりの設定があって、動力源がどうなっているかはちょっとインチキなんですけど、そうしたことを突き詰めていったあげく、ロボットが物語の中に存在する意義が無くなってしまったというところがあるんです。

一方に現実社会でロボットというのが作られてきて、現実の方が追いついて、むしろ追い越してきたところがあって、虚構の中でロボットを見せていくことの意義というか、虚構の中で得られるエンタテインメント性というのが徐々に損なわれてきました。この辺がリアルロボットの最終形態なのかな、と。これをさらに突き詰めたタイプのアニメーションというのが今のところ発明できてない感じですね。

瀬名　現実との関係の話が出ましたが、パトレイバーだと出渕裕さんがロボットのデザインをやっていらっしゃいますよね。パトレイバーのデザインに関しては以前に押井守監督からお話を伺ったことがあるんですが、非常に大きさに気を配っていたそうですね。例えば東京の町並みのなかにロボットを置いたときにどのくらいの大きさだったら映えるかとか、そうしたことをかなり考えてつくっていたと。木造2階建ての建物があるとして、そこにパトレイバーが立つと、頭、肩、胸から上ぐらいがちょうど見えて、屋根の向こうにちょっと見えるくらいとか……。実際はそのほうがアニメで描きやすいし、物語の要請の中から出てきたデザインなのかもしれないですが。

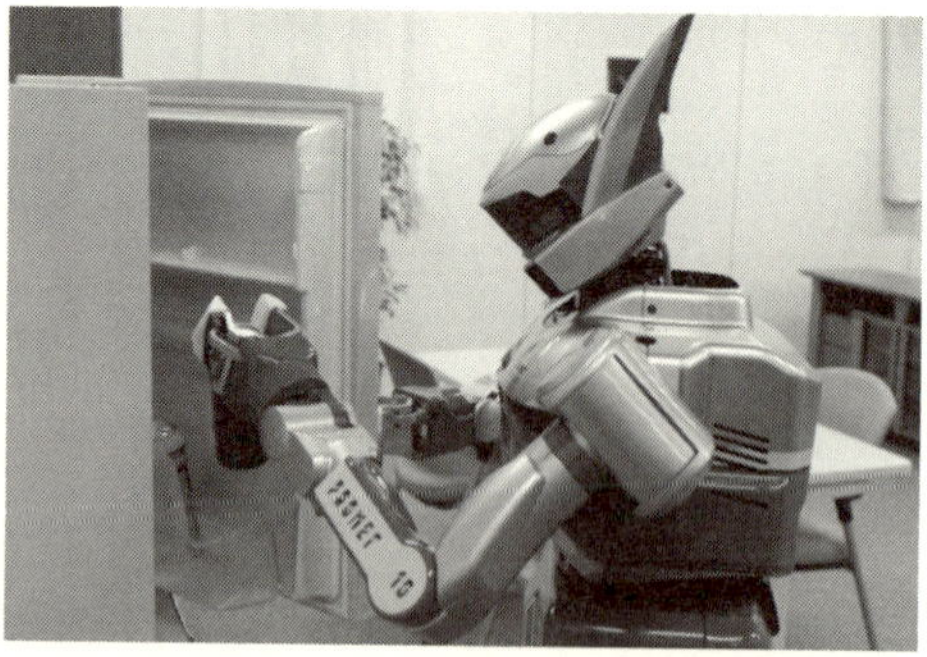

HRP-2　©産業技術総合研究所

その後、出渕さんのデザインした本当のロボットが登場しましたね。ＨＲＰ－２ですけど、これも現実のロボットをいかにカッコよく見せるかということでかなり苦労があったと聞いています。脚を長く見せるにはどうするかとか、アイカメラの数を減らさずに顔をほっそり面長に見せるにはどうするかとか、最初はアンテナの役割を想定して尖った耳をつけたとか。ＨＲＰ－２はかなりパトレイバーに似ていて、アニメのデザインが本当のロボットのデザインにつながってきています。

ここでちょっとロボットの歴史を振り返ってみます。日本のロボット研究は一九六〇年代ころから始まっていると記憶しますが、日本のヒューマノイド研究は早稲田大学の加藤一郎さんが始められて、最初にできたのが一九七三年のＷＡＢＯＴ－１です。まだ頭はありません。この時点で手も動いて、コップを持って水を継ぎ足すこともできました。かなりゆっくりですが二足歩行もできました。当時ＷＡＢＯＴ－１の手をつくっていたのは、後に出るソニーのヒューマノイド・ロボットＱｒｉｏ《キュリオ》を手掛けた人たちです。

ＷＡＢＯＴ－２になるとピアノを弾いたりもするのですが、なぜかというと加藤一郎さんたちはロボットが芸術活動を通じて人間とコミュニケーションをする、そんな未来像を思い描いていたからですね。これは住友電気工業の製作によってWASUBOTという形になって、一九八五年のつくば万博で公開されています。もっとも、これでヒューマノイドは一段落という雰囲気になって、大学での研究は縮小してゆくんですが、ホンダが密かに一九八六年ころから研究を進めて、九〇年代の終わりにP2、P3、ASIMOを発表します。そこからいまのロボットブームに至ります。

いま日本はロボットに対してどのように考えているか。例えば総務省の「ネットワーク・ロボット技術に関する調査研究会」が二〇〇三年に出した報告書では、ネットワーク・ロボットの未来ビジョンが提示されています。まさに『攻殻機動隊』の世界観に近いんですが、ロボットと環境と人がネットワークでつながった社会が想定されているんですね。ロボット同士が協調・提携することで、いまよりずっと多様なサービスが実現するだろうというわけです。ここで総務省は三つのロボットのタイプを示しています。

まずは「ビジブル（実在）型」。これは従来のヒト型とかペット型のような、身体を持つロボットです。次は環境埋め込み型の「アンコンシャス型」で、これはロボットルームを想像していただくとわかりやすいんですが、いろんなところにセンサが埋め込まれ、ぼくたちの生活に役立ってくれる。実際には建物だけじゃなくて、服とか食べ物にも入ってくるかもしれない。そして三つめが「バーチャル型」という、仮想空間で活動するもの。これはディスプレイを通じて実世界とコンタクトするようになっています。こういったいろいろなタイプのロボットがユビキタス・ネットワー

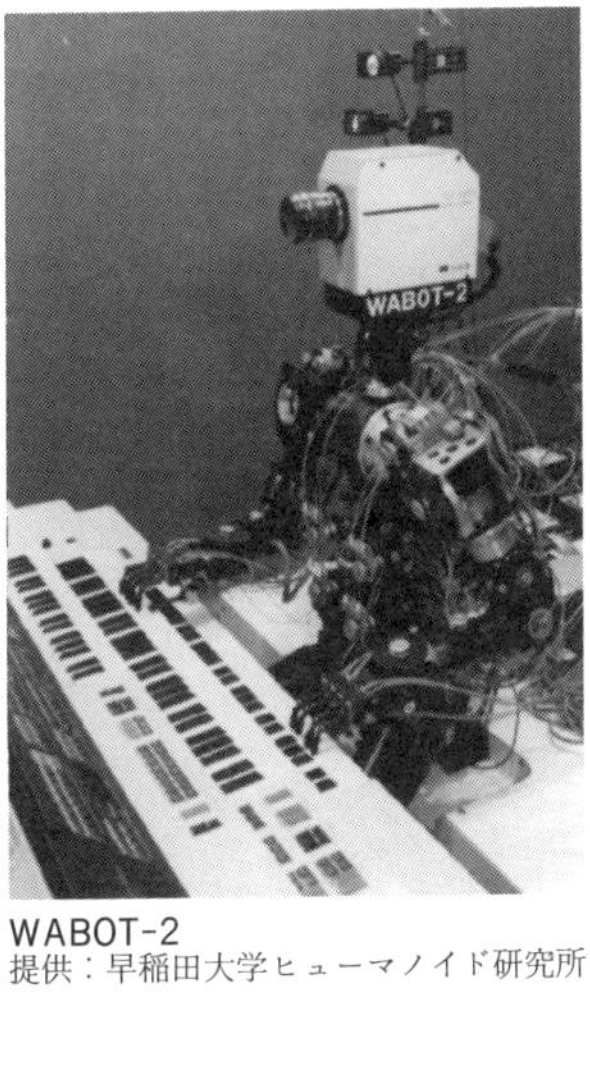

WABOT-2
提供：早稲田大学ヒューマノイド研究所

クで繋がるだろう、というのが総務省のビジョンであるわけですね。
それから最近は、国ではなく地方自治体が主体となったロボット産業も注目されています。福岡や大阪などがその代表例ですが、地元の街の一部を「ロボット特区」にしてしまう。いまロボットを街の中で動かそうと思っても、実際は道交法などの規制があって自由に実証実験できないんですね。だから都市の一角を「ロボット特区」として認めることによって、まずはリアルワールドでの研究の場を確保して、研究成果を積み上げていってもらう。そういう活動を通して街の活性化もおこなってゆく。そういうプロジェクトが進んでいるところです。

義体について

瀬名　ロボットと人間の違い、といったことについて神山さんにお伺いしてみたいと思います。この「リプリーQ1」というロボットをご覧になったことはありますか。

神山　ないですね、ぼくは。

瀬名　これは大阪大学の石黒浩さんが株式会社ココロと共同でつくっているアンドロイドなんです。彼はこれを擬体エージェントと呼んで研究を進めています。この「擬体」という言葉、『攻殻機動隊』だと「義体」、義手義足の義ですよね。石黒さんは擬人化ということに対する「擬体」だと考えて、あえてこう呼んでいる。「義体」でも「擬態」でもなく「擬体」。エージェントというのは何かをする道具ということですけれど、そうした意味でアンドロイドを捉えているんです。
神山さんは「義体」について、『攻殻機動隊』原作者の士郎正宗さんと何かお話をされたことはありますか。

神山　もともとは士郎さんも義手義足の延長だっておっしゃってましたけど、ロボットのほうがヒトに擬態してくるという意味で言えば、擬体も当てはまるのかなという気はしますよね。

瀬名　『SAC』ではこの義体ということに関して、何かストーリーの中でお考えがありましたか。

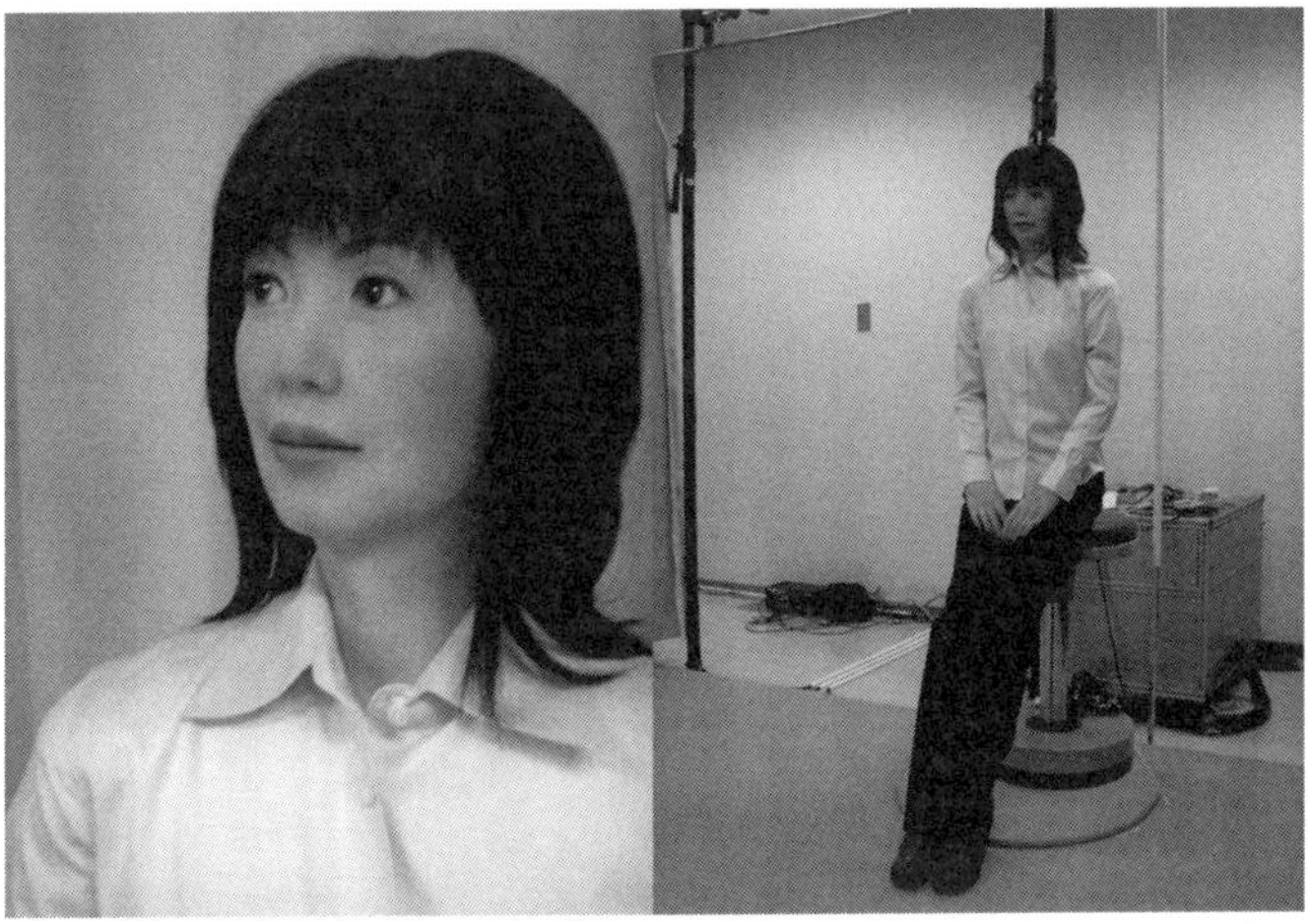

Repliee Q2（大阪大学石黒研究室と(株)ココロの共同開発）

神山　やっぱり義手義足の延長として考えたままだったと思いますけど、身体拡張、つまり自分の体では本来出来なかったことをできるようにするということの最終形態を描く意識はありましたね。でも、そこには巨大ロボットによって身体拡張を得るというようなカタルシスは全く無かったですね。もともと医療的な部分からの発想だったのかもしれません。イメージがあまり夢がある方向にはいきませんでした。悲壮感が漂いそうですが、テレビアニメの中ではそうしちゃいけない。だから主人公の草薙素子という、全身を義体化した主人公が、そのことに負のイメージを抱いていると いう描写は書かれずにきたんです。スタッフ内では、実は結構中年のおばさんなんじゃないか（笑）とか、若い女の子が義体を使うことでこうなっているとかですね、諸説あるんですけど、真相は分りません。とにかくナイスバディの義体を手に入れて、負のイメージを持たずに、全身義体化しているという方向で描くしかありませんでした。

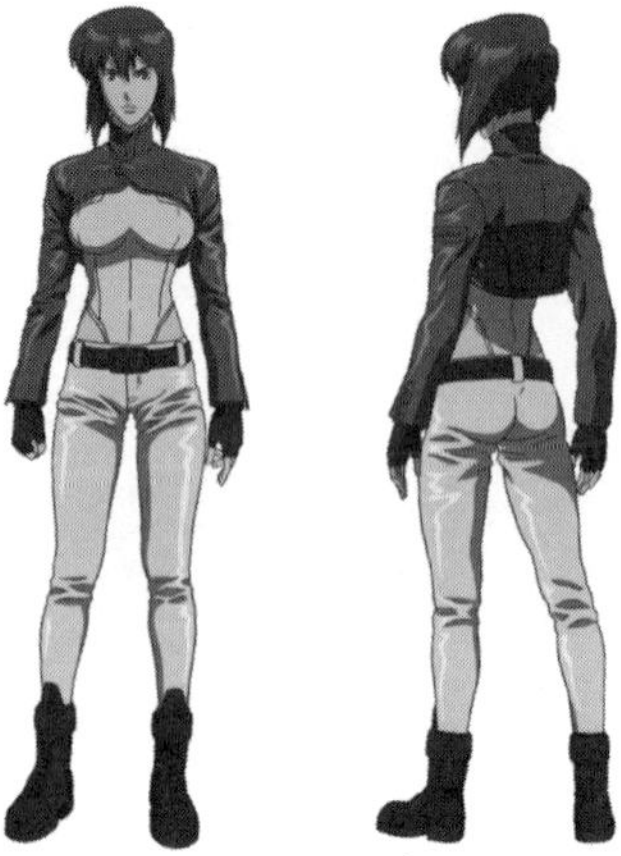

草薙素子 ©士郎正宗・Production I.G／講談社・攻殻機動隊製作委員会

瀬名 『2nd GIG』で印象的だったんですが、義体技術初期の段階に飛行機事故に遭遇して、片手しか動かなくなった男の子と女の子の話がありましたね（第10話「草迷宮 Affection」）。男の子は動くほうの片手で、折鶴を折り続ける。女の子の方は、いなくなったかと思ったら、全身義体化されて男の子の前に戻ってくる。そして「義体はいいからきみも義体化しなよ」という。けれど男の子は、「義体で折鶴が折れるのか」といって、女の子が試してみると、義体化技術がまだまだ未熟なせいかなかなか折れない、そんなシーンがありました。あの話はなかなか面白いなと思ったんですけれど。

神山 『攻殻』の世界の中での義体の過渡期にあったちょっとした悲劇ですね。ただ技術者が、そういうことは解決していくわけで、最終的には義体でもストレスなく、ソフトをインストールするだけで、片手で折鶴を折ることができるようになっていくと思います。そこに至る前の過渡期にあったちょっとした悲劇、そうした設定であのストーリーは書いていますね。

瀬名 ロボット研究者から見て面白いと思われるのは、どこまで精密なことができれば人間の義体として使えるのかということですね。あの女の子は、歩いたり、ボールで遊んだりできるわけです。だけど手先は器用じゃないというか、鶴は折れない。両方できないと人間の義体としては難しいのか、それとも非常に大雑把な運動機能だけで人間は日常生活ができてしまうのか。

神山　それはぼくにもわからないですが、折鶴については、あの話を見て左手だけで折れるか挑戦した人もいるかもしれません。ぼくはできたので、スタッフにも強要してみたところ、三割ぐらいの人が実はできるんです。だから人間が本来やろうと思ったら、そこそこできる作業だと思います。それを考えると、もし義体というところまでロボットが進化していくのであれば、それはやっぱり超えなければいけない部分なのかと思います。でもそれと同時に、ジェイムスン型義体というのが『攻殻』には出てきてですね。

瀬名　「ジェイムスン教授」シリーズといって、ニール・R・ジョーンズという作家が書いた昔の小説があって、ハヤカワ文庫SFから出ていました。表紙の絵は藤子・F・不二雄さんでしたね。ジェイムスンは無骨な筐《かご》に触手や脚や翼が生えた姿をしていました。

神山　はい、あれが元ネタになっている義体なんですけれど、別に肉体はいらない、という究極の方が入る義体だと思います。

　鶴なんか折れないでしょうが、バーチャルな体験でそれをクリアしてしまうので、身体的に細かいことができる必要がありません。ネットワークと脳みそが直結している世界の中では、必要の無い行為なんですよ。

　究極的に言えば、物理運動は地球に全く優しくないので、それ自体不必要なことなのかもしれない……。

ジェイムスン教授シリーズ（ハヤカワ文庫）

ロボットの型《タイプ》

瀬名　ロボットやアンドロイドに対する私たちのイメージもどんどん変わってきています。日本人は八百万の神を信仰しているからロボットとも友達感覚で付き合えるけれど、海外のキリスト教信仰者たちは人間に似せて作られたロボットを怖がる、ということが以前はいわれていました。まあ、それも変わってきて、最近は海外でも二足歩行ロボットの研究が増えています。『スター・ウォーズ』（一九七七〜、アメリカ映画）のC－3POあたりが茶目っ気を振りまいてくれたからかもしれません。

　ガレージでロボットをつくるという動きも広まっています。ROBO‐ONEというロボットの競技大会があって、そこに出場する人たちは自分でロボットをつくって、フィールドで戦わせています。海外でも、ここに紹介するスティーヴ・グラントさんは、ルーシーというロボットをつくることで、人間の心や精神、知能の本質といったものを探ろうとしています。普通だったら、大学とか大きな機関で研究するものですが、これはグラントさんのガレージでつくられている。

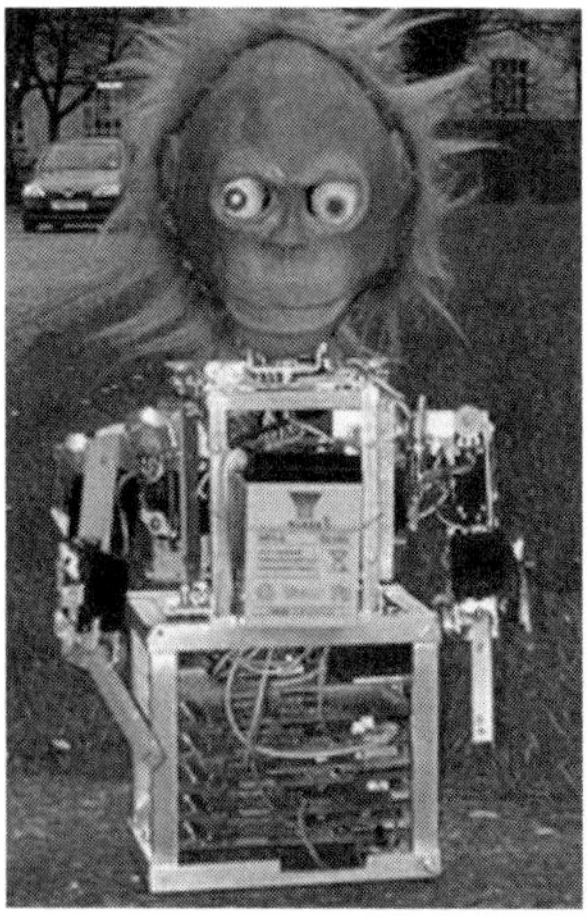
ガレージでつくられたルーシー

　このルーシーの目を見て下さい。サッケードという眼球運動をしていて、動いている目標をずっととらえている。こういった眼の動きは、高度な霊長類しかできないといわれているんです。こんなふうに、ヒューマノイドや「知能」をガレージでつくる時代がやって来つつあります。

　研究がこれだけ進むと、次はどのようにロボットを家庭内に入れていくかとか、軍事問題との絡みをどうするかという話になります。これからの日本は少子高齢化が進み、お年寄りが増えてきます。在宅介護が必要な方の危機感というのが大きくなりつつあるわけです。二〇〇七年問題というのがあって、二〇〇七年を境に日本の人口はだんだんと減るそうで、少子超高齢社会で、団塊の世代といわれる人たちがどんどん定年し、労働人口が少なくなってしまいます。それにどう対処するか結構問題になっている。神山さんは『2nd GIG』で難民問題を取り上げていますね。そこでは日本の労働人口を海外の人たちに依存している状況で、それがひと段落、つまり労働力が必要でなくなった後で、その人たちとどう折り合いをつけるかという話だったと思います。そうした労働力にはロボットが貢献するかもしれないと考えるのですが……。

神山　そこはぼくはロボットの方がいいだろうな、と思います。日本人って単一民族だと思い込んでいる節があるので、介護という形にしても、家庭に海外から労働力として来た人が入って来たりしたら、アレルギーみたいな反応がおきるのではないでしょうか。ロボットがその役を担うなら、非常に有効な気がしますね。その時は、人間の顔を忠実に再現したタイプより、ロボットっぽいロボットのほうがいいんじゃないかなという気もしますけどね。

実際に草薙素子のようなロボットが横にいたら、非常に微妙な感じがするんじゃないかな、と思うんです。綺麗だけど「わー、つくり物くさい」みたいな……（笑）。家庭で使うときは、ＡＩＢＯなどと一緒でわざとロボットロボットしているほうが、想像の余地が残るので、逆に感情移入しやすい気がするんですよね。

タチコマという「攻殻」に出てきたキャラクターがあります。三つ目だし、蜘蛛型だし、非常に奇っ怪なんですよ。わらわら集まると船虫みたいで気持ち悪いのですが、そのような球体をベースにしたロボットのほうが、人は感情移入すると思うんですよね。自動車を正面から見ると顔に見えることがあるじゃないですか。実際に使うロボットに関しては、あんまりリアルに人間を模倣しない方がいいのかなというふうに思うんですね。

瀬名　『SAC』のファーストシーズンで、「第13話　機械たちの時間　MACHINES DESIRANTES」というエピソードがありますね。

神山　そうですね。タチコマというキャラクターは、このドラマの裏の主役なんです。人工知能が

タチコマ　©士郎正宗・Production I.G／講談社・攻殻機動隊製作委員会

ゴーストと言われているのですが、それが生命になり得るのかどうかが、『攻殻機動隊』のひとつのテーマで、「機械たちの時間」は、彼らがそれを獲得していく可能性を描いた集大成的な話数にあたります。彼らロボット自身がロボットのことを語るという構成にしようという形でこの話ができていった記憶があります。

瀬名　「機械たちの時間」では少しずつタチコマたちの声の質も変わってきて、少しずつ個性が出てきて、みんなで議論をする。

神山　実際には、何が引き金になって個性を獲得していくかは、物語なのでブラックボックス化していて、結論の出しようがない部分なんです。けれど、こうしてタチコマに肩入れしたのは、コミュニケーションをとる相手としてロボットが機能してくれればいいなというぼくの願望があるんですよね。

　物理的に人間そっくりのロボットを作ったとしても行き着く先は怪しいと思います。新しいジャンルが生まれた時に、それを伸ばすのってエッチ

産業だったりするじゃないですか。ビデオにしても、パソコンの普及にしても一役買っていました。ヒト型ロボットを突き詰めると、そちらのロボットになってしまうんじゃないかという懸念があります。

それよりコミュニケーションの相手という形で進化して欲しいという思いがありまして、会話の機能が充実してくれることの嬉しさと、もう一つ、タチコマは乗って操縦することもできるわけです。自分の手で動かすというエンタテインメント感覚もあって、その二つの機能がタチコマには備わっているわけです。アニメーションを作ろうというとき、スーパーロボットからリアルロボットに移行してきて、リアルロボットが最終的には人の形をしていなくてもいいんじゃないかな、というところまで突き詰めた上で、タチコマというロボットはつくられています。会話してくれて、かつ操縦的な機能が残っている……理想的です。

瀬名　なるほど。パワードスーツのお話も伺いたいんですが、原作の士郎正宗さんだと、『アップルシード』（一九八五年発表のSF漫画。八八年ビデオ化。二〇〇四年映画化）はパワードスーツ系の物語ですが、士郎さんは『アップルシード』を途中で中断されて、八〇年代後半から義体と電脳の『攻殻機動隊』へ移っていかれたわけですね。

神山　いっとき、アニメの世界でも、人間とあまりサイズが変わらないパワードスーツ・タイプのロボットがトレンドになった時期があります。でもなぜか、衰退していっちゃったんです。

勝手な仮説ですが、自分で作業することに人間はすぐ飽きてしまいます。アニメーションの世界でも、鉛筆で描く行為に集中していられる時間って年々短くなっているんです。でも、現場にパソコンが入ってきて、マウスをクリックしたり、タブレットで鉛筆と同じように描く場合だと別なんです。そこにちょっとしたテンキーの操作をはさむだけで、突然作業時間が三倍くらいに伸びるんです。なぜかと考えた時、パソコンのマウスだとかゲームのコントローラーといったような、インターフェイスで操縦する行為を挿んであげると、単純作業を長く繰り返すことができるのではないか……そんなことを実感したんですよ。

パワードスーツは操縦者と同じ動作に可動するタイプなんで、発展が止まってしまったのではないかと思うんです。

瀬名　つまり自分がパワードスーツを着込んでやるという感覚よりも、ひとつそこに介在したほうが仕事としてもやりやすくなるし、いわゆるヒューマン・インターフェイスとしてもいいんじゃないか、ということですね。

神山　ええ。巨大ロボットを運転するのも自分が動くより、レバーを動かしてやるほうが飽きないんじゃないかって。そういう予感がしてるんです。

瀬名　車の運転なんかもその例ですよね。でも、どうして何か挿むと飽きにくいんでしょう。

神山　ゲーム性みたいなものという気がしますね。時速六〇キロで走るのも、たぶん車で走るから面白いんだと思うんです。

ちょっと話がズレますが、アメリカ空軍では、戦闘機が撃墜された時、パイロットが死亡してしまうと損失が大きいので、無人の飛行機を開発したそうです。するとパイロットから「自分で操縦してGを感じたいので、無人の飛行機の開発を止めろ」という話が出たそうです。自分の肉体が飛んでいるわけではなくて、操縦することで、あの巨大な鉄の塊が飛ぶということで、カタルシスを得ているんだと思うんですね。そう考えると自分の体そのままで空を飛べても不快かもしれません。

瀬名　スーパーマン（一九七八年、アメリカ映画）とかロケッティア（一九九一年、アメリカ映画）みたいな形よりも、ということですね。なるほど、まさに『マジンガーZ』は搭乗型でもあるし、自分で乗ってガシャンガシャンと体感しながら運転していますね。

ロボットに「心」は宿るのか？

瀬名　なぜヒト型ロボットが開発されるのか考えてみましょう。

ひとつに人間社会というのは人間の身体性とか知能に合わせてデザインされているから、その環境下でロボットを働かせるとしたら、ヒト型がいい。もう一つは、いろんなロボットを使うよりも一個の汎用性のあるロボットを持っていたほうが経済的である。そんなことが、アイザック・アシモフの『鋼鉄都市』という小説の中で、一九五三年に言われています。

二一世紀初頭に経産省が主体となって一五〇億をつぎ込んだヒューマノイド・ロボット・プロジェクトがありましたが、そのときにヒューマノイドの有用性とは何なのかという議論が研究者の間でかなり激しく戦わされました。その結果出てきたのが、このアシモフの意見とまったく同じだったのですね。

ただこれにはロボット研究者の間で様々な異論、反論があります。まずヒト型でないロボットに使いやすい社会をデザインすればいいという話です。昔、人類は車のない社会を生きていました。車ができたことで、歩道と車道が分かれたわけです。ロボットが普及したら、ロボット用の道と車道と歩道を分ければいいということになります。

もうひとつ、ロボット研究者があまりいわないことですが、人間社会は人間の身体性に合わせてデザインされているというけれど、それは無意識のうちに身体に障害を持つ人を排除してはいないか……。車椅子に乗っている人、子供や老人、手や足に怪我をしている人、そういった人たちに、今の社会は必ずしも優しくデザインされているわけではない。

例えばぼくは左利きですが、いつも駅の自動改札を通るときに苦労する。障害があればそれ以上でしょう。健常者としての身体しか人間的ではないのか、という話になってしまう。だから人間の身体性というときにも研究者はどこまでを人間とするかをきちんと自覚しなければならないとは思います。

定説はさておき、ぼくがヒューマノイドを見て面白いと思うのは、人間の体が上手く出来ているということが逆によく分かるというか、研究すると日常の何気ないぼくらの動きがすごく難しいということが分って、自分の体に意識が向くところです。さきほど話していたウェアラブルロボットの研究も、障害を持った方が装着することで自由に歩けるようになるとか、そうしたことを視野にいれているのだと思います。リハビリにヒューマノイドロボットと一緒に動いてみるなんてことが実現するかもしれません。

さて、このあたりから、少しずつ今日のテーマである「ロボットの心」について話を移していきたいと思います。

以前、『ロボット21世紀』というルポを書いたときに取材して面白いと思ったのは谷淳さんの研究でした。ロボットを迷路のなかでぐるぐる回らせるわけです。その迷路の途中にいろいろな標識を立てておくと、ロボットは「この標識が出てきたら次は曲がれ」とか「その次にこの標識が出てくるぞ」ということをだんだん学習していくわけです。それで次第に迷路を速く抜けられるようになるんですよ。でも突然標識を隠したり、全然違った道にしてしまうと、ロボットが「おや」って感じで立ち止まったりうろうろしたりする。谷さんが面白いのは「この瞬間、実はロボットが自意識を持った瞬間なのではないか」と言っているところです。

例えばぼくらが通勤する時、「今日はこの地下鉄に乗って、こう行って、次にこう行って……」ということを、きちんとは考えていないですよね。半分寝ぼけながらも、何となく会社にたどりつくわけです。でも、ある日、駅の改札口が工事中で「別の改札口に行ってください」と言われたら「今日はここだめなんだ、じゃあどこに行けばいいんだろ」ということで、ふと我に立ち返るわけです。そういう瞬間が、自意識を持つ瞬間と言ってよくて、それをロボットにもつくり出せるのではないか、谷さんはそういっているわけです。逆にいえば、ぼくらのオートメーション化した日常というのは、半ばロボット化した生活ともいえてしまうんですけどね。

神山　なるほど。

瀬名　人間のような心を持つ人工知能（AI）をつくり出せるかどうか。数学者のロジャー・ペンローズの意見を紹介しますと、研究者は次の四つの立場に分かれるというんですね。サイエンス・ライターの竹内薫さんの要約とあわせて紹介してみます。

①「強いAIの立場」。思考は全部計算によってつくり出せるという考えです。つまり人間とアンドロイドは同格である、ということです。

②「弱いAIの立場」。自意識というのは脳の物理作用がもたらすものだけれども、それをシミュレートするのは難しい。ただし外見的に人間そっくりのロボットはつくり出せるかもしれないという考えです。つまり人間とアンドロイドは本質が違うけれど、外から区別できないほどそっくりなものはつくれるという考えです。

③はペンローズの立場。脳の物理作用を現在の数学体系や物理体系でシミュレートすることはできない、量子コンピュータのようなものが必要だろうというもの。

最後に④は、ペンローズ曰く「神秘主義」ですが、自意識は科学では扱えない。そもそも人間を科学的に論じることは不可能というものです。

神山さんはどうお考えですか？

神山　三番めが近いと思いますけれども、実際には神秘主義が入っていますね。『SAC』の中でどうしてタチコマが自意識を持つような状態になったかに関しては、具体的に答えを出せないというところが正直いってあります。

瀬名　〝科学じゃ扱えない〟といわれる自意識ですが、具体的にどのようなものかといえば、「メタ認識機構」があります。「『自分は今考えている』ということを考えること」が、いまのコンピュータにはできない。それから「志向性」というのもあって、「あそこに何かあるぞ」というふうに注意を向けて、それに対して自分でなにか行動する。そういうことがいまのコンピュータにはできません。

こういった働きを機械でどうやってつくるか。諸説ありますが、サイエンスの分野から外れたところでは、量子力学的というか、いろいろな心というものをあらゆる所にあまねく遍在させる……

デイヴィッド・ボームのホログラフィック宇宙説とか、トランスパーソナル心理学のような考え方に魅力を感じている人もいるようです。
意識や知能に対するぼくたちの考え方も、それこそ十年くらいでどんどん変わってゆくのが現状なので、また十年経てば別の主張が出てくるんじゃないかなとぼくは思っています。以前、『ロボット・オペラ』という本の中で、そのことをゴーレムの影と書いたんですね。例えば知性の塊のように賞賛されるSF作家スタニスワフ・レムでさえ、やはり時代の雰囲気の影響を受けている。どこに知能を見出すかは時代と共に変わってゆくのだなと実感したことがあります。

STAND ALONE COMPLEX

瀬名 『SAC』についてさらに伺いたいのですが、あの世界観、つまりネットワークが縦横に走っている空間で、「笑い男」事件という社会現象が描かれます。『2nd GIG』になると、インディビジュアリストというのが出てくる。つまりネットワークで繋がっているが故に、逆に個人であることに執着するという……。

『攻殻機動隊』のテレビシリーズは四年ほどかけてつくられてきたそうですが、その世界観を現実と比べると、どういうことがいえるのでしょうか。

神山 シリーズを始めるにあたってぼくが考えていたのは、ネットワークが普及してきて、情報が簡単に並列化する世界の危機感です。

例えば夜見たテレビ番組について、ぼくの若い頃だったら翌日学校で「昨日あのテレビ見た?」って話すしかなかったわけです。でも今では、インターネット上で、瞬時にそうしたことを語り合えます。もっと言えば、同じテレビ番組を見ている段階で、同じ情報を共有しているという感覚すらあります。

瀬名 2ちゃんねるとか象徴的ですね。実況板というのもありますし。

神山 まさにそうです。四年前はそうしたものがどんどん発達した時期でした。メールでも、携帯電話のメールが爆発的に普及し始めたころです。簡単に情報が共有できるようになったことで、情報の価値がどんどん下がって、むしろ無くなっていくとか……。一方で、地方と都会の差もどんどん無くなっていくわけです。世界的にもいえることで、ぼくらの世代では「アメリカの西海岸文化が一番かっこいい」と教わって育ちましたが、今ではあっという間に「オタク文化は楽チンでいいぞ」という感覚が大勢の人に共有されているわけです。

これはすごく危ない現象なんじゃないか、というふうなことを考えていて、そんな感覚をひとことで言い表せないか、中学生でも分る英語を使って表せないかと考えた時に、出て来た言葉が「STAND ALONE COMPLEX」なのです。

瀬名　思いついた瞬間を覚えていますか？

神山　そうですね。まずアンビバレントな単語を並べようと思っていて、「人間って基本的に一人なんだけど、グチャグチャッと一文字に固まってしまっているような感じを表現したいよね」なんてことを言っていて、「じゃあ、ひとり立ちということでコンピュータ用語にもあるスタンドアローンを使いましょうか」となりました。それから「一文字に固まってしまう感じは何か無いだろうか」と考えて、「シネコンで使われているコンプレックスという単語を合成しよう」と。最後にネイティブな英語を話す人に「『STAND ALONE COMPLEX』ってどう？」って聞いたら「なんじゃそりゃ」と言われましたが、ぼくらはこれを考えついたときに、今年の流行語大賞を取れるとまで一瞬思ったんですけど（笑）、当時は全然流行らなかったですね。

最近の偽札を複数の人が同時多発的に複数の場所で使う事件だとか、ドン・キホーテ（ディスカウントストア）の連続放火事件の時に「これはSTAND ALONE COMPLEX現象だ」なんていうのをネットで見たりして、「ずいぶんこの言葉も普及したなあ」と思いましたね。

そうした感じで『SAC』については、ネットワークが普及していく中で、人々が単純に情報を並列化させてしまうことの危機感、それを警鐘する形で作品を作ろうと意識していました。

でも実際に作っているうちに「そんなことは無いんじゃないか、個性というのは並列化しても消失しないんじゃないか」というイメージがぼくの中では出てきたのです。

それがどこからきたかといえば、ぼくはご存知のように、押井守監督の弟子として仕事をしていまして、押井原理主義者だとかよくいわれるんですけど(笑)、「押井さんの真似をしていればいいかな」と思っていた時期がありました。それで満足だったわけですが、たまたま押井さんが『イノセンス』(二〇〇四年映画公開)という映画を作り、同時期にぼくは『攻殻機動隊』を料理していたわけです。ぼくは押井さんの模倣者として押井さんのビデオコーナーに並ぶ作品をつくるつもりでしたが、だんだん乖離してきたんですよ、四年間の作業をしているうちに。

瀬名　行こうとしている目標の乖離ということですか?

神山　うーん。「押井さんが考えていることはたぶんこうだ」と思ってぼくはつくっていたんですけど、それが違ってきたんです。それで押井さんに睨まれたりとかですね(笑)、ファンの方からも全然違うといわれてみたり。「押井守的だ」と言われてみたりして……。「同じことをやろうとしても、差異が生じるんだな」というのを体感した時期があるんです。

瀬名　なるほど、具体的にはどの辺が違うと思われたのですか。

神山　一番最初に感じたのは、単純に年齢差ですね。押井さんが『イノセンス』をつくるとき、「肉体の消失というのを徐々に自分の体で実感している、それを作品のテーマにしたい」とおっしゃられていて、ぼくの方の『SAC』はテレビシリーズなので先に完成していたわけです。で、『イノセンス』と『SAC』では登場人物、しいては声優さんが被っていますから、アフレコの際、押井さんの『イノセンス』のイメージで演じる声優さんに、ぼくはダメ出しをしたんです。「いろいろなことに達観し過ぎている気がする声音だ」と……。年寄りくさかったのです。

瀬名　ああ、なるほど。『イノセンス』はまさにそうした雰囲気ですよね。

神山　それでぼくが「押井さんの演技指導よりも十五歳若く演じてください」というと、声優さんは敏感なので、「なるほど」と感じてくれたんですね。でもその後、その声優さんたちが押井さんのアフレコに参加すると、押井さんは「変な癖がついている、なんか皆元気になっている、それは違うんだ」と言うわけです（笑）。「俺の『攻殻機動隊』のキャラはもうちょっと疲れている」と。「肉体の喪失が近いということを意識しているキャラなんだ」と。押井さんもぼくもそういう差をお互いに感じてきたんですね。

瀬名　押井さんと神山さんは十五歳違うんですか？

神山　そうです。その辺が理由かもしれないし、そうでないかもしれませんが、同じことをやろうとしたわりにはずいぶん差が開いたという感覚がありました。その時に「情報を並列化しているうちに個を喪失する」と自分で言っておきながら、「個を喪失する」のとは別の、アンビバレントな結論が導かれるのではないかという予感がしたわけですよ。

イノセンス　©2004士郎正宗／講談社・IG, ITNDOTD

個性を獲得するタチコマ

神山　ぼく個人の体験ともあいまって『ＳＡＣ』では、生身の人間たちが同じ行動をとって模倣者になっていく、「個を喪失」していきます。その逆にタチコマという、機体間で差異の無いはずのロボットたちが、情報並列化されつつも違う経験を積むうちに、むしろ個性を獲得していくのです。この設定は、最近「暗い」といわれるSFの中で、もしかしたら希望の光を見出せるんじゃないだろうかとも思えました。最終的には、自我が芽生え、自己犠牲という形で主人公たちを守っていく、「守って死んでいく」というロボットものの定番ではありますが、そこに一つ、今までに無い付加価値を見いだせるのではないか、そんなぼく自身の願望も込めていました。

瀬名　すごく面白い話ですね。そうしたことをきちんと書いたSF小説って無いかもしれません。

今の話で思い当たるのは、さっき『マジンガーZ』の話が出ましたが、原作のダイナミックプロには永井豪さんと石川賢さんがいますよね。あの二人も最初、かなり似た漫画を描いてらっしゃいました。でもいま、あのおふたりの作品は、それぞれ別の個性として読者に楽しまれている。つまり『ゲッターロボ』にしろ何にしろ、同じことを同じような題材でつくっても、だんだん作家としての個性が出てきてしまう。実はぼく自身、藤子不二雄さんの真似から創作に入ったんです。子供の頃、藤子先生のマンガが大好きで、最初に書いたのは『ドラえもん』のオリジナルストーリーでした。将来の夢はと訊かれたら、作家やマンガ家ではなくて藤子先生のアシスタントと答えていましたね。作家業になった後も、藤子・F・不二雄先生を真似ることで自分のルーツを探ろうと思って、『八月の博物館』という小説を書いたことがあるんです。確かにおっしゃる通り、その過程を通じて、自分の個性が見えてきたという経験があります。

ちょっと確認したいのは、作家でいえば、クリエイトしているわけだから、作業中に個性というものが少しずつ広がっていくということも言えます。でも、クリエイト作業に関わらなくとも個性は獲得されていくのかというところですね。ファーストシーズンのタチコマの話を振り返ると、彼らが個性を獲得した経緯というのは「バトーさんのオイル」でしたよね、確か。

神山　そうですね。天然オイルを入れたというのが、一応引き金になっています。

瀬名　つまり他のタチコマと違った食べ物を食べたというか（笑）、そういうことによって個性が外から与えられるわけじゃないですか。そこから個々の中でだんだんと個性が広まっていって、最終的には自己犠牲するという「志向性」といっていいと思いますが、自分で何かをするという方向にタチコマが行くということですよね。互いに真似しようと思ったから個性が発揮されてきたわけじゃない、外部に要因があったことになる。するとロボットの個性って、どのように生まれてくるのでしょう。ホンダのＡＳＩＭＯも実際は数十体ありますが、それぞれ少しずつモータやアクチュエータにクセがあって、歩いてもこいつは右側に曲がりやすいといった個性が出るのだそうです。でもそれも技術を向上させれば消えてしまうことかもしれない。

このあたり、だんだんとタチコマの個性が広まっていく過程ですが、やはり外から与えられる作用で進行していくのか、各々のクリエイト作業が個性を出すのに重要なのか、神山さんはどうお考えでしょうか。

たとえば人間にしても、コンビニエンスストアとかファストフードショップで、ある種マニュアル化された仕事、画一化されたロボットのように働く状況というのがあります。でも人間の場合は、そうしたところで働きながらも、自分らしさを獲得していくし、働く喜びを感じることだってあるわけですよね。

神山　そうですね。たとえばぼくの場合、毎年若い新人が入社してくるのを見て、「個性が非常に弱くなっているな」と感じます。「アニメを見てアニメを作りたくなった」という人が多くて、個性が希薄になった気がするんですよ。ただ、そうした中で突然伸びてくる人もいて、何がその突発的に伸びるきっかけだったのか結論めいたことは分かりませんが、具体的なイメージみたいなものを獲得出来た人が伸びている感じがします。

ファストフードショップだとマニュアル化が進んでいて、どのお客さんにも同じ対応をするじゃないですか。思うに、お爺さんが来た時に、若い客と同じようにマニュアル対応をする、そのときお爺さんが全くついて来られないようだと感じたら「少しゆっくりしゃべってあげよう」、そう思うか思わないかの差だと思うんですよ。

ぼくらの仕事場でも、突然伸びる人がきっかけをつかむのは、そうしたところからです。それが言ってしまえばクリエイティブなことなのかもしれません。それに気が付けるかどうかなんです。「お年寄りに買いやすくしよう」というイメージが出来た瞬間に、その方向へ急速に伸びていくんです。

ぼくのプロダクションの人で言えば、「『攻殻機動隊』が好きなので就職しました」という人が圧倒的なわけですが、ずっと「攻殻機動隊」をつくっていたら飽きが来るわけです。すると、「もう少し違う『攻殻機動隊』をつくりたいな」と思います。ダメな人というのは、そうした時、否定までなんですよ。「『攻殻機動隊』じゃないものをつくりたい」と言うんですよね。「押井さんっぽくないものを作りたい」とか、皆そこまではいうんですよ。ぼくの場合は逆で、「押井さんとまず同じものをつくってみます」と。そういう人は本当にいなくて、ぼくだけでした。

「押井さんと同じものをつくりますよ」と。同じものをつくることで初めてそこに差が見えてきます。その差に気づき、その差が何なのかをイメージしていく、その作業を繰り返すことで、無個性化していた新人のクリエイターたちが、急にぱっと伸びてくる、そういう現象を垣間見ています。自分も含めてですが、そこには大きなヒントがあるような気がします。

瀬名　とても示唆的な指摘だと思います。匠の技を習う若者だって、最初は師匠の動きをひたすら真似ようとするところから始める。その中で自分なりの技が生まれてくる。その話はロボット研究にも近いところがあると思いますね。お年寄りのお客さんが来たときに店員の人が「これじゃダメだ、お爺さんに向けた自分のしゃべりをしなくちゃいけない」と考えるのは、その瞬間、自分らしさというものを「メタ認識」で考えることでしょう。さらに、そうした個性をつくっていく中に、「ふとわれに返る瞬間」がある。つまりただ真似るだけじゃなくて、真似たときに感じる違いを自覚できるかどうかですよね。

いま、模倣ロボットが盛んに研究されていますが、それは、「他の人がやっていることをそっくり真似る」ようにつくられています。でも最近になってようやくそこから先の研究がかたちになってきたように思います。さきほど紹介した石黒先生のヒューマノイドにしても、「一度人間にそっくりなロボットを作って、その中で人間とロボットの違いを見極めよう」という研究なんです。

ぼくが最近考えているのは、人間とロボットを似せるように近づけていくと、人間らしさと機械らしさの差異をどこかでぎりぎりまで突き詰めなければいけないということです。人間とロボットが同じことをできるなら、「じゃあ人間らしさって何？」ということになっていくのではないでしょうか。そういうことを多くの人が考えるような時代がやってくるかもしれません。ヒューマニティ・コンシャスみたいな時代がきて、むしろ「自分は人間らしいんだ」ということを感じて安心したいがために、そうしたコンテンツを求めて、ロボット産業にどっと人が集まるとか、そうしたロボットを使うようになるのかな、ということを考えています。『SAC』の世界観とは少し違うかもしれませんが、ぼくは最近そうしたことを考えながら小説を書いたりしています。

これからのロボット

瀬名　神山さんは、今後ロボットのエンジニアに求められるのは何かと問われたら思いあたることがありますか？

神山　ぼくはアニメーション制作者なので、実際のところは分かりませんが、今はヒト型のロボットを作るのが技術的に難しいから、懸命に挑戦している過渡期だと思います。ただそれが、どこに辿り着きたいのかということですね。そうしたイメージを持った作業が大事な気がします。自動車でいえばスピードを追求した時代があったと思いますが、ロボットについては落としどころが見つかっていないと思います。

瀬名　そうですね。特にヒューマノイド型は、夢追い型と言えるかもしれません。

福祉工学的なアシスト機械や、リハビリに使うようなロボットだと、社会への貢献が明確で、研究が盛んで、学生も携わっていると聞いたことがありますが、ヒューマノイドについては研究して面白いことは確かだけれど、どう使うかは研究者の間でもはっきりしていません。「皆で考えましょうね」ということになってはいますが、なかなか良い案が出てきません。

『ロボット・オペラ』を編みながら強く感じたんですが、生命科学のような分野と違ってロボット学というのはフィクションと現実の研究のイメージが螺旋構造のように互いに影響し合って発展してきているんですね。特にそれはデザイン面において強い。アトムを見て育った研究者がヒューマノイドをつくって、それを映画監督が真似る、ということもあるのですが、例えばガンダムのコクピットやターミネーター（一九八四年～、アメリカ映画）の視覚センサといった細かな部分が研究者に無意識の影響を与えていたりする。

『パトレイバー』はロボットアニメの寿命を縮めてしまったといわれましたけれど、実はあのアニメは従来のロボットアニメを分解して、そういう細かいアイデアを研究者たちにばらまいた作品だという気もするのですよ。それがいま再びアニメに戻ってきているんじゃないでしょうか。「攻殻機動隊」はさらにそこを押し進めた作品のようにも思えます。

『SAC』のサードシーズンをつくるとなったら、何をテーマにしますか？

神山　『マトリックス』（一九九九～二〇〇三年、アメリカ映画）という映画が流行って、まあ『攻殻機動隊』を元ネタにしたともいわれていますが、ぼくはあれは非常に優れた映画だと思っているんです。

ただ「マトリックス世界をつくったのは反乱を起こした機械である」という、これはもうSFの定番設定ですが、そこに違和感があるんです。マトリックスを作ったのは人間自身だと思うんですよね。だから、人間はマトリックス世界に行きたがるだろうし、行かざるを得なくなるだろうという気がするんですよ。そのとき「それを援助する形で登場するのがロボットだろう」ということをイメージしています。ちょっと怖い話ですが「マトリックスはロボットじゃなくて人間がつくりあげてしまうんだ」ということを突き詰めて考えたくて、その中でいまいるロボットや義体を含め、今日の話とは少しズレるかもしれませんが、人間が「ダイレクトに脳みそとコンピュータを直結させる技術」を持ったとき、どの方向に向かっていくか、そんなことをもう一度考え直してみたいと思っています。そうした話をつくってみたいですね。

瀬名　それは楽しみですね。

ダイレクトに直結というとサイバーパンクの定番イメージで、『攻殻機動隊』でも首筋にジャックインしますよね。あれは有線のハッキングを防ぐためだと思いますが、ジャックインする方法って首筋以外にもいろいろありますよね。首筋にジャックインするのはサミュエル・R・ディレイニーという作家の書いたものが最初らしいですが、その後ウィリアム・ギブスンが書いて広まりました。デイヴィッド・クローネンバーグの『イグジステンズ』(一九九九年、アメリカ映画)という映画がありましたが、あの作品では背中の脊髄にジャックインします。首筋というのはセクシーな感じもあり、ムズムズする感じがしますね。

神山　そうですね。「ありそうだ」というのと、「非常に気持ちが悪そうだ」という皮膚感覚に訴えるビジュアルで、多くの人に伝わりやすかったと思います。『マトリックス』でもパクっているし、ずいぶん一般的になりましたよね。

『攻殻機動隊』の原作が描かれたころは、サイバーパンクという言葉が、「なんか機械からウニュウニュ出てきたコードと人間の肉体が一体化する」みたいな、非常に抽象的なイメージでした。

今では、携帯電話の充電みたいに身体にジャックインするというのを、多くの人が皮膚感覚としてイメージしやすくなったと思います。ビジュアル化されたものはだいたい具現化されるので、おそらく電脳化は、ああしたジャックインの形で具現化されるのではないでしょうか。

瀬名　あと、これからの研究でぼくが興味を持っているのは、一般には精神と身体と環境が三位一体のように言われています。でも『攻殻機動隊』では電脳で心がインターネットに繋がって広がっていくわけです。肉体から抜け出した精神が、どういう身体性を持って考えるのか。どこに視点を置いて、どのように環境と関わってくるのか。

なかなか難しいんですけれども、実は人工知能の研究者から、「日本人とアメリカ人は、視点の取り方が違う」と教えられたことがあるんです。英語は神様の視点でものごとを話している、でも日本人は虫の視点、つまり行為者《エージェント》視点で話している、と。どういうことかというと、例えば「彼に本をあげた」という文章を英語でいうと I gave him a book になる。一方「彼がぼくに本をくれた」は He gave me a book で、どちらも動詞は give の過去形を使うのですけど、日本語だと「あげる」「くれる」と変わるわけです。そこに上下関係があるわけです。なぜ英語では同じ動詞でいいかというと、上から神様のように見ているから本のやりとりが平行移動にしか見えないのだ、と。一方日本語は自分に視点が近いので、相手とのコミュニケーションによって上下関係が生じて、その中で自分の立ち位置を決めていく、そういう感覚があるそうです。

人工知能の研究では、そうした視点の問題が今後重要になる可能性があって、そうであれば電脳社会の視点は一体どこにあるのか、ぼくは考えてしまうんですね。

神山　なるほど、面白いですね。

4章 オリオンに撒いてくれ

ここに収録したのは、雑誌「遊歩人」に二〇〇三年六月号から二〇〇五年五月号まで二四回にわたって連載されたエッセイ「顕微鏡のコスモロジー」の抜粋である。本書には収録していないが、第一回のタイトルが「日本人と「世界観」の科学」であったように、小説とノンフィクションの仕事を進めてゆく中でふと感じる、「世界観」と「自分の思い」の接点を毎回取り上げていた。しかし年に一度、夏になると、思い出したように内省的な話を書いている。媒体は中高年齢層向けで、本音をいうと連載当初から自分は誌面に馴染まないと感じていた。

とても軽やかな足取りで書けたとはいえないエッセイだが、読み返してみるとそのときどきの問題意識が出ていて、しかも幾つかのテーマが少しずつ進んでゆくのが見て取れる。当時おこなっていた「日経サイエンス」の科学対談と呼応している回も多く、後半になると長篇『デカルトの密室』への言及が増えてくる。

つまりこの連載は他のさまざまな仕事を私の心の中で繋げる接着剤のようなものだったのだ。そして自分自身の「世界観」を探ってゆく旅の日誌でもあったのだと思う。

人よ地から天上の星を

大学に入学して以来、もう一七年も仙台の地で暮らしている。仙台七夕は旧暦に則《のっと》っておこなわれるから、おかげで七夕というとすっかり八月のイメージが染みついてしまった。だから七月に東京のテレビ番組が七夕を特集しているのを見ると妙な気分になるし、七月にマンションの軒先で笹が飾られているのをたまに見掛けると、ああ、引っ越してきたばかりの家族だなと見当がつく。

仙台七夕の前日には大規模な打ち上げ花火が夜空を彩る。私は子供の頃から花火が好きだ。夏になるといつも心が騒ぐ。だが今年はちょうど開催日に東京で打ち合わせが入ってしまった。拙著『虹の天象儀』が仙台こども宇宙館で来年プラネタリウム番組として上映される。スタッフと一緒に番組用のプロットを練る必要があった。仕事を終えて新幹線に乗り、仙台に着くまでの間、私は花火を楽しむ代わりにずっと野尻抱影の『星三百六十五夜　夏』を読み続けた。

二〇代の頃はまったく興味がなかったのに、このところなぜか古い作家に惹《ひ》かれている。野尻抱影の場合は昨年から中公文庫が彼の本をまとめて復刊していたので買い求めた。実はしばらく棚の肥やしにしていたのだが、ある日ふと巻末の解説を開いて、松岡正剛が抱影というペンネームの由来を紹介していたのが目に留まった。学生時代に島村抱月と演劇研究をしていたことから共同で付けた〝星名〟だというのだ。島村は月を抱き、野尻は影を抱いたのである。

胸に迫るものがあった。山田風太郎が中学時代に友人たちと雨風霧雷の符号を分かち合ったというエピソードを思い出したが、むしろモダンな洒落っ気と涼やかな美しさが心に響いて、たちまち抱影に強い興味を覚えるようになり、彼の古書を探しては読んでいる。

野尻抱影。本名正英《まさふさ》。星の抱影と呼ばれた文筆家だ。生涯にわたって星の和名を捜し、紹介し続けたことでも知られている。『鞍馬天狗』を書いた大佛次郎（本名野尻清彦）は一二歳年の離れた弟にあたる。ある年代以上の人にとって、このふたりの名は忘れがたいものだろう。だが私が子供の頃、すでにふたりは静かに世間から消えゆこうとしていたと思う。子供の頃にこのふたりの本を読んだ記憶はない。

『星三百六十五夜　夏』は昭和二〇年に執筆されている。一日一話ずつ、古今東西の詩歌を紹介しながら、星にまつわる語りが繰り広げられる。時節柄戦争の話が多い。原爆投下の八月六日には《髪束になって抜ける星座ひしめいて》《逃げのびる行方を月の塀に書く》などの歌を挙げ、その晩は月明かりがあったのだろうか、生き残った人たちの中には月を憎悪の目で見上げた人がいたに違いないと記している。異国の戦地で星を見上げた兵士の話も登場する。

不思議なものだ。いまになって抱影を読み、私は彼の文章に惹かれ、魅了されている。小さかった頃にアパートの倉庫の上で星座表を片手に星空を仰いだあのわくわくする気持ちが、オーストラリアのフィリップ島でペンギンの上陸を待ちながら浜辺で夜を待っていたあの静かな緊張が、心の中にはっきりと蘇ってくるのを感じるのだ。それだけではない。決して自分が経験していないはずの夜空でさえ、澄んだ懐かしさと共に目の前に浮かんでくる。一度として聞いたことのない抱影のラジオ番組や、プラネタリウム番組の語り口まで耳に届いてくるような気がするのだ。なぜだろう。野尻抱影の文章は「クオリア」を呼び覚ますのである。

ソニーコンピュータサイエンス研究所の茂木健一郎さんの説明を引用すると、クオリアとは「赤い感じ」のように私たちの感覚に伴う鮮明な質感を指す。「薔薇」と聞いたときに思い出すあの赤さや花のかたち、薔薇を人に贈ったときのあの感覚である。だが抱影から感じる星のクオリアがひどく原体験的で、しかも思わず星空を見上げたくなるような志向性を持っているのはなぜだろう。

『星三百六十五夜　夏』の八月七日の項目には、仙台七夕が取り上げられている。仙台にようやく到着し、駅の構内を過ぎて外のコンコースへ出た瞬間、かすかな火薬の臭いが鼻腔を刺激してきた。鮮やかな浴衣を着た女性たちが歩いている。顔を上げると半月で、夜空は薄く白煙にけぶっていた。私はきょろきょろと辺りを見回した。そして予想通り、ビルとビルの隙間から、花火の大輪の欠片《かけら》が見えたのである。事務所のマンションに戻ってカーテンを開けると、遥か遠くに炸裂する花火の玉が見えた。私はそのまま三〇分近く花火を眺めながら思った。花火が打ち上がっているから自分はいま夜空を見ている。だが普段は星空をどれほど見上げているだろうかと。

抱影はこう記している。《私は友人と、その人波に押されながら歩いてみたのだが、ふとこの豪華な祭りの正客——織女《おりひめ》と牽牛《けんぎゅう》がどこにいるのかと見上げてみて、赤や青の、昼をあざむく光の反映する空から、まじまじ瞬いている女夫星《みょうとぼし》をようやくに発見した。同時に、ついさっき公民館に集まった聴衆にも、織女、牽牛を知らない人が多数だったことを思い出していた》

六万年ぶりといわれる火星大接近が話題を呼んでいる。だが私はまだ空を見上げて火星の光を探していない。科学が好きで、科学のことに興味があるのに、夜空を仰いでいない。大佛次郎がエッセイに書いている。

夜中にふと目をあけたら、カーテンを閉め忘れたガラス窓越しに、空に光る星影が見えた。随分しばらく振りで星を見たと思い、否、いつも外を歩いて頭の上に在るのにこっちが見ないでいるのだと苦笑を感じた。

生意気ざかりの私は、空を仰いでいる兄に背いて、地面ばかりを見るように成り、星のことに関心のない俗人に育った。

星の抱影を兄に持った大佛次郎でさえ、夜空を見上げる機会は少なかったのだ。エッセイの最後にこうある。

私も、老年に入っていつか少年の日の心に戻って来たのだろうか。

中島みゆきは「地上の星」（作詞・作曲　中島みゆき）で歌う。

地上にある星を誰も覚えていない
人は空ばかり見てる
つばめよ高い空から教えてよ　地上の星を
つばめよ地上の星は今　何処にあるのだろう

確かに無名の人々は地上で輝いているだろう。だが私たちは本当に《空ばかり見てる》のだろうか。ひょっとしたら私たちは、天上の星よりずっと地上の星を、いや地上の星だと思い込んでいる自分自身だけを見ているのかもしれない。だから私はこの曲に合わせて呟きたくなる。作家よ、歌人よ、科学者よ、低いこの地から教えてくれ、天上の星はいまどこにあるのか、と。

抱影は決して星を見上げる自分を他人より上に置かない。地上の星ばかり探す人を諫めもしなければ馬鹿にもしない。ただ自分の好きな星を語り、星の詩を紹介する。それがいい。英語の星名が浸透したいま、抱影の仕事はすでに古びてしまったのかもしれない。だがそれでいて人に星のクオリアを呼び覚まし、星への志向性を分かち与える抱影の文章に、私はこの上なく科学のクオリアを感じるのだ。科学はそこに在るのではない。人の心の中で生まれるのである。

《私がオリオンとその周囲を仰いで感じるのは、もっと深い、もっと静かな、しかし、しだいに息のはずんで来るようなセンティメントである。シリウスの光などを見つめていると、呼吸がその瞬きに一致しようとしているのを感じる》と抱影はいう。中学生のときに友人から三つ星とシリウスを教えてもらって以来、抱影は星の魅力に取り憑かれたという。彼は常々「死んだら遺骨をオリオンに撒いてくれ」と語っていた。

　オリオンに撒くとはいったいどういうことだろう。私はいまそのことを考えている。彼の遺骨をオリオンに撒き、彼の好きだったというナポレオンを置いてくるには科学的にどうしたらいいかと考えている。いつかそのことを小説に書きたいと思う。それが誰かのクオリアを呼び覚ますことを願いながら。

（2003・9）

デカルトの密室

何かをしているとき、ふと唐突に「わかった!」と感じるときがある。心理学ではユリイカ(Eureka)体験とかアハー(Aha!)体験などと呼ばれているが、私の場合、小説を書いているときによく起こる。もやもやとしたアイデアのまま書き進めていた物語が、あるところで急に「わかった!」感じになり、すべてのイメージがシャープに像を結ぶのだ。そんなときはつい横溝正史の映画に出てくる等々力《とどろき》警部を真似て、ぽんと拳を叩きたくなってしまう。

だが「わかった!」とはいったい何がどのように「わかった」のか。加藤武演ずる等々力警部は「よーしわかった!」といいつつ、いつも全然わかっていないではないか。脳科学の本を調べても、ユリイカ効果についてあまりきちんとした説明は書かれていない。

この「わかった」感覚で昔から気になっていたのが臨死体験である。今回はあえて少しやばい方向へ一歩足を踏み入れてみたい。いまわの際に三途の川が見えたり、亡くなった親と再会したりといった奇妙な話を聞いたことがあると思う。昔からこういった体験について語った文献は多く、そのため臨死体験こそ「死後の世界」が実在する証拠だと主張する人もいる。

私は、こういった体験もすべて脳が創り出した幻覚だと考えている。だが興味深いのは、少なからぬ臨死体験者がいまわの際に宇宙との一体感を覚え、すべてが「わかった」感じになったと訴えている点なのだ。しかし奇妙なことに、彼らは「わかった」と思っても、何が「わかった」のか語ろうとしない。私は以前からこれが不満だった。宇宙のすべてがわかったのなら、その叡智を惜しみなく人類のために提供してほしいのである。どうして彼らは語らないのだろう。

だが最近になってようやくわかった。彼らの「わかった」感は、おそらく心理学でいうところのユリイカ体験とは少し違うのである。大麻などでも臨死体験と類似した感覚が生じるらしいが、そういった人の話を聞くと、自己というものがまわりのいろいろなものと一体化する感覚のなかで「わかった」と思うらしい。目の前にあるコップも自分であり、皿に盛られた肉も自分なのである。その一体感から、自分とはこういうものだったのかとわかるのだそうだ。

イギリスの作家スーザン・ブラックモアは、自分でも大麻をやった経験をもとに、『生と死の境界』でこう書いている。「(臨死体験後に人格が変わるのは、臨死体験が)苦しみの元である自己のモデルを破壊するからである。本物の確固とした自己、意識的選択をする自己、客観世界を距離をおいて眺める自己、責任をとったり体験の中心であったりする自己など、初めからありはしなかったのである。(中略)ただ、そうしたものがあるという心的モデルがあるだけである」

——以前はこの文章の意味がわからなかったのだが、いまはよくわかるのだ。重要なのは自己のとらえ方である。だから臨死体験者に宇宙の叡智について尋ねても無意味なのだ。

自己とは何だろう？　さらにここでもう一歩踏み出す。いま私は天外伺朗さんと一緒に対談形式の本をつくっている。天外さんはフランスの研究者らと共にCD（コンパクト・ディスク）を開発した技術者として有名だ。その後はエンターテインメント型ロボットAIBO《アイボ》の開発も手がけている。だが一方では「あの世」や「気」を語るなど精神世界に踏み込んだ著作も多く、こういった立場を「大企業に巣くうオカルト病」として強く非難する人もいる（例えば斎藤貴男『カルト資本主義』や宮崎哲弥『身捨つるほどの祖国はありや』）。

このやばさも含めて、私は天外さんといろいろな話をしてみたかったのである。それが縁で、今年の夏には天外さんの主催する「マハーサマーディ研究会」の合宿に参加してきた。広い座敷で四〇人ほどが男女交互にぐるりと座り、天外さんの話を聞く。天外さんがネイティヴ・アメリカンから譲り受けたというパイプを使ってセレモニーを始めた。パイプの煙を皆で回し合って吸い込んだ後、皆で手をつなぎ、独特の言葉を唱えながら瞑想に入る。その際、天外さんは少年の頃に読んだというロブサン・ランパ『第三の眼』に書かれていたリラックス法を述べ、瞑想への入り方を伝授してくれた。

私は結局、深い瞑想へは入れなかった。額のあたりが何かちりちりするような気もしたが、隔靴《かっか》搔痒《そうよう》の感のまま終わってしまった。

瞑想が終わった後、他の参加者と一緒に温泉に浸かった。たまたま隣に座った男性と話した。優しい顔立ちで、話し方も柔和である。危険な雰囲気はどこにもない。初めてこの会に参加したという彼は、先程の瞑想であまり成果が得られなかったと苦笑する。なぜこの会に参加したのかと尋ねると、その男性はどこか寂しそうにいった。

「私はこれまで、不思議な体験をしたことがまったくないんですよ……。でも、そんな自分にも、何か知らない能力があるのだとしたら、それを知りたいと思いましてね」

私は思わず頷いた。その気持ちはとてもよくわかったのだ。

自己の問題を考えるとき、デカルトの心身二元論を避けて通ることはできない。眼や耳から入ってきた五感の情報は脳の中で統合される。だがそれらをどうやって自意識は認識するのか。あたかも自意識は脳の中に棲む小人（ホムンクルス）で、外から入ってくる情報や記憶を劇場の観客のように見ているのではないか？　この「デカルト劇場」を強く否定する科学者もいるが、しかしいまの科学は多かれ少なかれこのようなモデルに縛られていて、そこから抜け出すことができない。

筑波大学名誉教授の星野力さんは「生命は計算できるか？　チューリングへの旅」（後に改稿のうえ『甦るチューリング』として刊行）でこの問題を考察している。心が完全に非物質的な「霊魂」であればデカルト劇場は破綻しない。だが唯物論の立場を採ると、ドラマも観客も脳の物質の中にいることになってしまう。自分で自分を参照することは矛盾しないのだろうか？　「自分を考えている自分」について考えるということは、『「自分を考えている自分」を考えている自分』について考える……というふうに、無限後退を引き起こしてしまう。生きている間はこの問題から逃れられない。それほどデカルト劇場とは強固で、生きていることとほとんど同義なのだ。私たちの自意識は、どうやってこの自己参照の矛盾から逃れているのか？

星野さんはここで一歩踏み出すのだ。「物理的な手段で、体外離脱を検証しようとした実験は決まって失敗するという。これをW・ジェームズの法則というらしい。まるで矛盾を絶対に赦さない自然界の掟が、科学的な解明に立ちはだかっているようだ。これは勘だが、自然の法則が、「自分で自分を観ている」ことからくる矛盾を強く嫌い、深いところで科学的な実験を拒否しているように思える。自然は矛盾を嫌う」――と。

やばい、と直観したあなたは健全である。だが思うのだ。このやばさはどこから来るのだろう？　なぜやばいと私たちは感じるのだろう？　それもデカルト劇場の中に取り込まれているからではないのか？　ここに「脳」と「心」と「世界」のいちばんの本質が潜んでいるのではないか？

私たちは身体という「デカルトの密室」に閉じ込められた観客のようだ。しかしその密室の外にも別の巨大な密室がある。この宇宙に広がる自然界という密室である。この二重密室の謎を鮮やかに解き明かす名探偵は現れるのだろうか？　私はそういった物語をいつか書いてみたいと考えている。漠然とだが、物語とは自己参照の問題を描くのに最適な形式だと感じるのだ。物語はそれ自体で世界を創り出すからである。

（2003・10）

エージェント・スミスが増殖する

二〇〇三年一一月五日午後一一時、地元の仙台で世界同時公開の映画『マトリックス　レボリューションズ』を観た。これがどうもすっきりしない。特に二作目の『マトリックス　リローデッド』がなかなか頑張って物語の謎を拡張させていただけに、このストレートすぎる終わり方には肩すかしを食った気分なのである。

なぜすっきりしないのか？　ゲーム版の『ENTER THE MATRIX』はプレイしていないので見落としている部分もたくさんあるだろうが、取り敢えず現時点での〝もやもや感〟の正体を知りたくて二冊の謎解き本を読んでみた。グレン・イェフェス編『『マトリックス』完全分析』（扶桑社）とカレン・ヘイバー編『エクスプローリング・マトリックス』（小学館プロダクション）である。私自身こういった謎解き本は好きで、以前にも『BRAIN VALLEY』の副読本『「神」に迫るサイエンス』を自分で企画監修してしまったことがある。

ここでざっと『マトリックス』の物語をおさらいしておこう。私たちの住んでいるこの世界が実はマトリックスと呼ばれる仮想世界で、現実の世界は別のところにある、というのが一作目のキモだった。現実世界では機械が人間を支配しようとしている。機械は人間たちをカプセルの中で作物のように育て、マトリックス世界を夢見させることで、彼らの意識をエネルギー源に利用している。だが少数の人間たちはこれを逃れて機械への反抗を試みていた。モーフィアスやトリニティは首筋のソケットから〝ジャックイン〟し、マトリックス世界でハッカーとして暮らしていた主人公のネオをスカウトする。ネオはやがて人類の救世主として覚醒する。

二作目になると、マトリックス世界を設計したアーキテクトという男が現れる（この男も現実世界の機械がつくったプログラム）。ネオは彼に現実世界を救うか、あるいは愛するトリニティを救うかの選択を迫られる（ちょうど一作目で、青いピルと赤いピルのどちらを選択するかモーフィアスに迫られるように）。ネオはトリニティを救うことを選択するが、アーキテクトはそれさえ予め予想されたことだと嘯《うそぶ》く。仮想世界で生きるものにとって自由意志は存在するのか、という深い問題を投げかけているわけである。もうひとつ、エージェント・スミスという黒ずくめの悪役が重要な役目を果たし始める。彼はマトリックス世界の規律から解放されることで、無限に増殖する力を手に入れていたのだ。他人を乗っ取り、自分に変換させることもできる。彼は現実世界にも侵食し、現実のネオを抹殺しようと企む。コンピュータの設計《アーキテクト》から解放された人工知能はコンピュータそのものと現実社会に如何なるダメージを与えるのか、といった問題意識がここには含まれている。

そこで三作目だ。とうぜん私は仮想と現実の違いや自由意志の問題に対して革命的なアイデアが投入されていると信じ込んで映画館に足を運んだのである。だが結果的に、革命《レボリューションズ》は成されなかったように思う。もちろん現実世界の人間たちはネオの犠牲によって生き延びるのだが、根本的な状況は何も変わっていない。そんなものが革命だろうか？

擬人化の危うさ、を今回初めて実感した。エージェント・スミスやアーキテクトなど、マトリックス世界の人物たちはコンピュータ・プログラムの擬人化である。だが彼らの役目が明確になるにつれて、得体の知れない拡張感が失われてしまった。アクションシーンも、斬新な様式美（というと変かもしれないが）が圧倒的な勝利を収めた一作目や、マンガ的な楽しさに徹した二作目に対して、三作目ではどこかで見たことのある絵のスケールアップに留まってしまっている。もうひとつ私がどうにも納得できないのは、（これは一作目から感じていたのだが）ネオとトリニティの「愛」がまるで迫って来ないことだ。本当にふたりは愛し合っているのだろうか？　自己を投げ出すほどに？　こればかりは様式美で押し通さないほうがテーマに深みを与えたのではないだろうか。

だがこういった不満は〝もやもや感〟の根本原因ではない。二冊の謎解き本を読んで思った。どうやら私は『マトリックス』三部作に対して、物語そのものに対する革命を勝手に期待していたようなのである。『マトリックス』は『新世紀エヴァンゲリオン』にも似て、キリスト教やサイバーパンクなど既存のものから膨大なイメージを借用し、リミックスして、思わせぶりな世界観を構築することに成功している。だが私たちはそこになぜか新しさと面白さを感じた。インターネットでは三部作の解釈を巡っていまも膨大な書き込みが続けられている。

『マトリックス』を如何に解釈するか？　まるで「疑問」と「解釈」そのものがマトリックス世界で増殖するエージェント・スミスのようだ。ただしスミスは相手の胸元に腕を突っ込み、有無をいわさず相手を変貌させるが、『マトリックス』第一作のようなクールな物語はそういった暴力を振るわない。相手の知性を刺激してやるのである。もっとも、こちらのほうがある意味で暴力的かもしれない。知性を刺激された私たちは、相手にも知性を感じ、コミュニケートを試み、解釈を始める。その行為を誰も止めることはできない。なにしろ自分も相手も他人も暴力の眷属《けんぞく》であるという自覚がないのである。『『マトリックス』完全分析』にはこんなくだりがある――「いい映画がみなそうであるように、すぐれた芸術作品がみなそうであるように、一度観るだけでは不充分だ。繰り返し見なおし、その意図と衝撃への注意深い考察を加えることによって、じつに多くのことが発見できる。（中略）われわれには洞察の機会が与えられるのだ」――あるいはこんな具合だ――「『マトリックス』の変わらぬ楽しさの一つは、（中略）観客の知性を侮辱していないことだ」（傍点引用者）

人工知能研究の歴史は知能を定義する歴史だった、といった話を以前に産業技術総合研究所の中島秀之さんから聞いたことがある。広辞苑やその他の辞書で「知能」という言葉を引いてみれば、「環境に適応する能力」だと記されている。意外だと感じる人も多いのではないか。人工知能もチェスプログラムやエキスパートシステムの研究から、最近では環境の中に遍在する知能を大きく捉えようとする研究へと移ってきた。知能ロボットの研究もその延長線上にある。知能とは環境との関わりの中で育《はぐく》まれるという心理学的な見方が一般になりつつある。

解釈とは物語の一形態である。ここからは私の妄想だが、もしかしたら物語こそが「知能」なのかもしれない。私たちは常に物語を求める。物語たちは互いにしのぎを削り、食い合い、奪い合い、影響を与え合って、増殖を続けてゆく。勝利した物語は世界を侵食する。ドーキンスは遺伝子《ジーン》のように拡がってゆく文化的な情報をミームと呼んだが、遺伝子と知能の関わりほどにはミームと知能の可能性は追求されていない。

この二一世紀、人工知能研究は物語研究へ発展し、物語と遺伝子工学が合体した学問が誕生する――と大胆に予測してみるがどうか。やがて作家は生命科学者と同義になるのだ。

しかしそうなると、エージェント・スミスと表裏一体である救世主ネオは誰か？　作家ではない。救世主は物語世界と現実世界を自在に行き来しながら、両者に革命をもたらす存在である。私たちは常に新しい「知能」を求めているのかもしれない。新しい知能を提示する存在こそが救世主なのだ。だが私たちは知能を定義し続ける。救世主は登場した途端に救世主の役目を終え、エージェント・スミスと融合してしまう。見果てぬ夢の向こうに、真の救世主はいるのだろうか。

（２００３・12）

ロボットは「後期クイーン問題」を解けるか

この連載のタイトルに「コスモロジー」という言葉を入れたときから、いつかまとまった時間を取って哲学をおさらいしたいと思っていた。以前、脳の中にあるデカルト劇場の話を書いたが、このところデカルトが面白くて片端から関連本を読み漁っている。ロボットの取材を通してぼんやり考えていたさまざまなことが、『方法序説』一冊を読むだけできりりと焦点を結んでくるのだ。

例えばヒト型ロボット（ヒューマノイド）をつくることで、人間そのものを理解しようという研究がある。今後、技術が発達したら、少なくとも外観だけは人間そっくりのロボットが現れるかもしれない。そうなったとき、私たちはロボットを人間と見なすだろうか。それともやはりどこかで異質さを感じるだろうか。この問題に取り組んでいるのが大阪大学の石黒浩さんで、彼は自分の娘から全身モデルを型取りし、シリコン樹脂で皮膚を再現した少女ロボットをつくってしまった。その成果を生かして最近はアクトロイドという女性ロボットを発表し、大きな注目を集めている。まだロボットという印象が強いものの、動いている間に流し目をされて一瞬どきりとすることもある。

デカルトの時代は生命も機械ではないかという考え方が広まりつつあった。だがデカルトは、動物なら機械かもしれないが人間は違うと説いた。そこで彼が注目したのが言語コミュニケーション能力と理性である。カント以降は理性と知性をはっきり区別するようになるが、デカルトの時代はまだその境界が曖昧で、実際ここでもさまざまな事態に対応できる普遍的な能力だと規定されている。これは環境に適応し新しい状況に対処する能力、すなわち現在でいう「知能」(intelligence)の意味が多分に含まれているわけで、ロボット研究者たちがなんとかロボットに実装したいと願っている人間的な機能なのだ。

デカルトは近代科学や近代哲学の礎《いしずえ》を築いた人だから、ここを知っておくと近・現代哲学にも自然と進むことができる。私は『ソフィーの世界』を読んでもピンと来なかったくらい哲学音痴だったのだが、ようやく取っかかりを摑めた感じだ。プラトンから始めるのではなく、デカルトとロボットの接点を機軸にして、それに対し近・現代思想がどう対応したかを探ってゆくのである。今後はフッサール、ハイデガー、レヴィナス、メルロ＝ポンティ、ギルバート・ライル、と辿ってゆけばよいに違いない。ロボットと向き合うとき、自己や他者の問題が出てくる。身体性や心身問題は常につきまとう。単発的にこれらの思想家に関する本を読んだことはあっても、これまで繫がりが見えなかったのだ。人工知能関連の発言で有名なヒューバート・ドレイファスがハイデガーの本を熱心に出している理由もよくわかった。

それにしても、私はずっと理系の教育を受けてきたが、ほとんど哲学の素養がない。高校の頃には倫理を取ったし、大学でもいちおうは教養科目を受けたはずなのだが、まるで頭に残っていない。多くの研究者は自分の研究に沿って問題意識を突き詰めるうちに、哲学を再発見するのだと思う。哲学は迷いが生じたときに初めて意味を持つものだということはわかるが、それにしてもいざそうなったとき、あらかじめ学んでおくのとまるで知らないのでは大きな違いがある。理系のカリキュラムにこそ哲学をきちんと導入するべきではないか。科学哲学ではなくて、科学の視点から近・現代哲学を学ぶのである。一見関係なさそうなものの中に、自分の問題意識を見いだす訓練にもなるはずだ。

関係なさそう、という点でいえば、最近面白い類似を見つけた。『フランケンシュタイン』とエラリー・クイーンである。このふたりはロボットのフレーム問題と絡み合っているのだ。

メアリー・シェリーの『フランケンシュタイン』は、当時の多くのゴシック小説と同様に、複雑な入れ子構造を採用している。怪物を創造した天才科学者ヴィクター・フランケンシュタインが、極寒の地で海洋冒険家ウォルトンに救助される。ウォルトンはヴィクターから聞いた話を、ヴィクターの一人称のかたちで、故郷にいる姉に書き綴るという構成だ。しかもヴィクターのパートの中には怪物から聞いた話が怪物の一人称として盛り込まれている。〔ウォルトン〉ヴィクター〉怪物〕という三重入れ子構造であり、三人の境遇や性格が互いに折り重なっている。三人はいわば分身（ドッペルゲンガー）なのだ。

一方、本格ミステリー作家エラリー・クイーンは、多くの人が知るようにふたりのいとこの共作で、ペンネームと同姓同名（ドッペルゲンガー）の名探偵を作中に登場させている。彼らは後期になって名探偵の意味性に深く悩み、日本では笠井潔さんや法月綸太郎さんたちがこれを「後期クイーン問題」として盛んに論じた。名探偵はミステリー小説の中で鮮やかな推理を披露する。だが探偵が見つける手がかりは、よく考えてみると作者が意識的に物語の中にちりばめ、明文化したものだ。それ以外の手がかりを探偵は発見することが出来ないし、明文化された手がかりが真実だと保証する手段も持ち得ない。それができるのは神である作者だけだ。その作者が創った世界の中で、いくら探偵が推理を働かせたとしても、それは本当に優れた推理なのだろうか。クイーンの後期の長編『最後の一撃』で、名探偵クイーンは犯人にこう告げている。「あなたはぼくの本を読んで、すべて先回りしていたんだ」と。

知能ロボットの研究は、まさに作者という神に踊らされる名探偵の図式なのだ。ロボットにさまざまな機能を持たせようとして、研究者は周囲の世界をわかりやすくつくりあげる。ロボットが知覚し、判断しやすいように。つまり環境の変化に対応するための賢さは、ロボットに行動を教える設計者側にあり、ロボット側には存在しない。設計者はロボットに対してすべて先回りしているのである。

人造人間を創造する物語『フランケンシュタイン』が多重世界構造を基盤とし、分身性を内包していることは、この問題意識にもぴったりと一致してくる。ではこの問題を克服するために、ロボット研究者はどうすればよいのか？　研究室の外に出て行っても新しい状況に対応できるような、普遍性のある知能をロボットに育めばよいというのが現在の解答だそうだ。デカルトのいう理性である。ミステリーに敷衍《ふえん》していえば、作者の手を離れた世界でも推理力を発揮できるような、普遍性のある知能を育んだ名探偵を創造すればよいということになる！

しかしロボットではここで「フレーム問題」という厄介な呪縛が存在し、行く手を阻《はば》もうとする。この問題は説明すると面倒なのでやめておくが、端的にいえば世界をどう捉えるかという仕組みの問題である。「端折《はしょ》る」という人間的な行為を、ロボットは原理的にできないのである。

一部の研究者はこのフレーム問題を、最初から知能をすべて構築しなければならないロボット工学が生み出した為の問題だと考えている。人間は赤ん坊から徐々に発達してゆくのでフレーム問題に縛られることがないというのだ。従って人間のような知能を持つロボットをつくるために、ロボットを赤ん坊の状態から育て上げようという遠大な計画を真面目に語る研究者もいる。ちょうどいま放映されているアニメ『鉄腕アトム』は、まさにそのアイデアを借用し、アトムを赤ん坊の状態から育て上げていた。となると名探偵も赤ん坊から育てないといけないのだろうか？しかしロボットの場合、心は発達するかもしれないが身体は発達しない。そこに矛盾は生じないのか？

デカルトについては、今年ひとつのミステリー小説に纏《まと》め上げるつもりである（編注：二〇〇五年八月、『デカルトの密室』として刊行）。どんな話になるかは、さらに読む予定のデカルト本次第だ。

（2004・3）

ピンぼけの宇宙に本質を見る

「信じられないよ、この目でタイタニックを見られるなんて！」

とビル・パクストンが驚きと興奮の声を上げる。見ることはなぜこんなにも人間の心を掴み、揺さぶるのか。

iMAX《アイマックス》映画が好きでよく観に行くのだが、最近も『ジェームズ・キャメロンのタイタニックの秘密』（Ghost of the Abyss）の素晴らしさに息を呑んだ。これは映画『タイタニック』で文字通り超弩級のヒットを飛ばしたジェームズ・キャメロンが、北大西洋に沈んだあのタイタニックを深海探検するというドキュメンタリーだ。『タイタニック』にも出演した俳優のパクストンがキャメロンの誘いを受けて、初めてロシア科学アカデミーの深海探査船《ミール》に乗り込み、三六五〇メートルの海底に沈んだタイタニックを目の当たりにする。キャメロンの演出は巧みだ。パクストンの独白を通じて、私たちは直にクルーたちの不安と緊張と興奮を感じ取る。タイタニックの船首が深い紺青の闇の中から浮かび上がるシーンは、思わずぞくりと鳥肌が立つほどだ。ちょうどいま、NASAの探査ローバー《スピリット》と《オポテュニティ》が次々と火星の大地の写真を私たちの地球へ送って来ている。こういう写真は見ているだけで嬉しくなってくるものだ。私たち人間には映像を体験することでどんなに離れた場所にも心を直結できる能力がある。そして心を結ぶために、技術者たちの努力がある。キャメロンもこのアイマックスムービーのために、私財を投じて新しいカメラシステムや船内探査用の小型ヴィークルを開発した。ドキュメントの後半ではこの二機の小型ヴィークルが大活躍し、タイタニックの豪華なボールルームや客室を映し出す。

キャメロンたちはこの二機を《ジェイク》と《エドワード》と名付けていたが、遠隔探査ロボットに愛称を付けたくなるのは洋の東西を問わず同じらしい。東京大学の中須賀《なかすか》真一さんたちのグループは昨年六月に《Cube Sat》という超小型人工衛星を打ち上げている。わずか一キログラム、一〇立方センチの衛星がいまでも元気に働いているのは素晴らしいことだが（http://www.space.t.u-tokyo.ac.jp/cubesat/index.html で美しい地球の画像が見られる）、中須賀さんはこの《Cube Sat》を研究室の子供のように思い、「キューちゃん」と呼んでいるという。そういえば一九九七年に火星に降り立った探査ローバー《ソジャーナ》の開発者であり操縦者でもあったカリフォルニア工科大学のブライアン・K・クーパーも、当時《ソジャーナ》を「人間のように考えている」とコメントしていた。「いざローバーが火星に到着してみると、自分たちが別の惑星に送り込んだローバーが本当にそこにいるのだと考えると、圧倒される思いで畏敬の念に打たれました」（高柳雄一・松本俊博『火星着陸』より）と。きっと世界中のあちこちで、いまも多くの技術者たちが、より遠く、より豊かに見るための努力を続けていることだろう。

見るというのはこの場合、人間が持つ五感の代表である。私たちは五感を通じて世界と接し、世界の本質を自分の中に取り込む。そのとき新しい理解が生まれる。「理解」とは擬人化することでもあるが、それはすなわち、自分の中で他者や環境を合点する作業だ。新しい方法で新しいものを見るというのは、本当に大切なことなのである。実はこの一年半、「日経サイエンス」誌の仕事で日本の科学者と毎月対談する機会に恵まれた。そこでお話を伺った科学者のほとんどが、新しい測定装置や方法論を自らつくり出すことで、オリジナリティのある研究を開花させていたのである。そしてさらに面白いのは、そういった新しい見方が、その科学者のアイデンティティをつくり、個性を生み出して、小説風にいえば「キャラを立たせる」ことに直結しているということである。

自分の学生時代を振り返ってもこのことはよくわかる。ある時期は自分が何を目指せばよいのかわからず、いくら実験を重ねても道筋が見えてこなかった。だが細胞内のミトコンドリアの状態を簡単に調べられる新しい測定法をものにしたことで、ようやく自分の研究の方向性が見えた。そうなると同じ手法を使って、もっといろいろな現象を調べてみたくなる。世界と自分の窓口が見つかったのである。

対談シリーズの最終回にお会いしたのは、宇宙物理学者の佐藤勝彦さんだった。偶然にも私と佐藤さんは、数年前「小松左京マガジン」という雑誌でSF作家の小松左京さんとそれぞれ対談したことがある。そのとき小松さんは私たちに、「宇宙にとって文学は必要か？」という命題を投げかけた。

なぜこの宇宙に私たちのような知的生命体が生まれたのか？　佐藤さんは、それは必然だという。物質がほどよいバランスでばらまかれた宇宙には惑星ができる。そこで生物が誕生すれば、環境に適応し、生存競争に勝つために、自然と知能を発達させてゆくだろう。私たちが持っている好奇心は、つまり宇宙の必然だと佐藤さんはいうのである。自分の周りをもっと知りたい、もっと理解したいという私たちの欲求は、宇宙の開闢《かいびゃく》と同時に誕生したのだ。その私たちが宇宙を文学で語り、望遠鏡や探査ロボットでより遠くの映像を求めるのは当然である。

それにしても私たちの身体と精神はよくできている。私たちは小説を読むだけで登場人物に感情移入し、その人生をヴィヴィッドに体験できる。遠い宇宙で動くロボットを自分の子供や分身のように感じ、彼らが送信してくる映像を見るだけで宇宙へと羽ばたくことができる。ヴァーチャル・リアリティとはそんな人間の能力を最大限に引き出す技術だ。本来ヴァーチャルとは偽物や紛い物ではない。姿かたちは違っても本質は本物と変わらないもののことを指す。私たちの脳には少ない情報から本質をとらえ、再現する類い稀な能力があるのだ。この能力は「理解」の核であり、おそらく「知能」のもっとも重要な部分だろう。

もちろん、探査ロボットだけでは限界もある。直接人間がその場に行かないとわからないこともたくさんあるだろう。私も異国の地を小説に書くとき、旅行ガイドブックや写真で調べてもわからなかったことが、実際に現地に行ってその土地の雰囲気や空気に触れ、なるほどそうだったのかと感じ入ることがよくある。ヴァーチャルから本質を見出す私たちの能力は、決して完璧なものではない。だが、だからこそ科学者は、未知の世界を求めて常に新しい道具をつくろうと努力し、驚きを見出す。

この能力を私たちはもっと鍛錬してもよいと思うのだ。佐藤さんが近著『宇宙「96％の謎」』の口絵でマイクロ波観測衛星の観測結果の図を紹介している。宇宙初期にでこぼこがあったことを示す図だ。それ以前に観測されたデータより、マイクロ波観測衛星の図は高精度でその姿をとらえている。私はマイクロ波観測衛星の能力に驚嘆したが、佐藤さんの説明を聞いてなるほどと思った。「ピンぼけの背景放射探査衛星のほうこそ革新的だったんです。宇宙初期にでこぼこがあり、そのでこぼこが成長して銀河や星が生まれてきたという揺らぎがあることを見つけた。これは大発見です。でこぼこがあることさえわかれば、本質的なことがわかるんですから」

これぞ科学！　ピンぼけの中に宇宙の本質を見出す人類の能力を、この宇宙は一三七億年かけて育んできたと考えると心が躍る。そしてその歴史はいまも、私やあなたの身体の中に息づいているのだ。

（２００４・３）

イノセンス、それは〈日本〉の喪失

『デカルトの密室』の執筆の合間を縫って、押井守監督の新作劇場アニメ『イノセンス』を観てきた。事前に情報を仕入れてしまうと影響を受けそうで、あえて予告編以外の予備知識を入れず、ほぼまっさらな状態での鑑賞である。

『イノセンス』は押井監督の一九九五年の映画『攻殻機動隊 GHOST IN THE SHELL』から直接続く物語だ。ときは二〇三二年、愛玩用の少女型ロボット（劇中ではガイノイドないしは人形と呼ばれる）が暴走し、持ち主を殺して自滅する事件が相次ぐ。公安九課に属するサイボーグのバトーは同僚のトグサと共に事件の捜査に当たる。バトーにはかつて草薙素子という女性サイボーグの同僚がいたが、彼女の自我は世界を駆け巡る情報のネット上に解き放たれ、行方不明になっていた。捜査の最後でバトーは少女型ロボットに乗り移った素子と出会う……というのが物語の基本骨格だ。士郎正宗のマンガが原作だが、押井監督はその中からシーンや台詞を啄《ついば》みつつ、彼自身の興味に基づいてストーリーを新たに構築している。

「人間はなぜ、自分の似姿をつくろうとするのか」という問いかけが出てくるが、押井はこの作品を究極の身体論映画にしようと目論んでいたという。バトーをはじめ、ほとんどの登場人物はまるで人形のようで、感情をほとんど表に出さない。彼らは電脳空間《サイバースペース》と繋がっており、リアルタイムの検索システムで古今東西の格言をしきりに引用し、自分が置かれた状況を総括しようとする。実際、この映画は引用に満ち充ちており、ハダリ、ハラウェイ、ヴォーカンソンなどロボット文化のキーワードが次々と登場する。ガイノイドの造型はハンス・ベルメールであるし、顔がぱっくり割れるのは人形浄瑠璃の「ガブ」だろう。

一昨目の『攻殻機動隊』はネット上に解放される「自我」、というなかなか想像しにくいものがコアとなっていた。私たちの精神は肉体に閉じこめられており、その肉体の持つ「身体性」によって大きな制約を受けている。ネット上に精神が解放されることで、「身体性」と「自我」はどうなるのか、という問いかけがあった。押井は本当に重要なことは映像で描かない作家である。彼はこの一作目で、サイバースペース内の視点をいっさい映像にしていない。クライマックスで、ネット上で繰り広げられる出来事は、すべてネットに接続された素子たちの言葉によって説明されるだけだ。私たち観客は、そこで何が起こっているのか視ることが出来ない。だがそもそも私たち観客は、いまもこの肉体に縛られている。素子と同じ視点に立つことは不可能であり、だからこそ押井はその描写をいっさいしなかったのである。

ところが今回の『イノセンス』では、サイボーグであるバトーの一人称視点が堂々と視覚化されている。従って今回は「自我」がテーマではないはずである。ならば一歩進んで「想い」になるのではないか、というのが、予告編を見た段階での私の想像だった。日本語の「心」というのは情緒的な単語で、無意識と有意識の両方が混じっており、英語にうまく訳すことが出来ない。英語の「Mind」は心の作用の中でも理性的な部分だけを切り取ったものだ。ロボットが日本でこれだけ議論されるのは、日本語の「心」という言葉の豊かさと関係しているからだと思っている。従って英語的な「Mind」から、『イノセンス』では日本語的な「心」へとテーマが深化するのではないかと考えていたのである。

ＣＧを巧みに使った美しい映像に圧倒されながらも、私は終始もどかしさと不安を感じていた。こういういい方は誤解を招いてしまうかもしれないが、しきりに格言を引用するバトーたちは、ＣＭやＴＶ番組の台詞だけで他人と会話しようとする子供を連想させる。この作品は現実と仮想の境界を曖昧にさせることに労力が注がれているので、不安を感じることは押井の計算通りだといえないこともない。だがなぜもどかしかったのかといえば、精緻な映像が東洋と西洋の混交でありながら、両者が物語の中でばらばらに配置され、決して交わることがなかったからだ。チャイニーズ・ゴシック風の街並みが描かれたかと思えば、巨大なオルゴール機械が轟音を響かせる西洋屋敷が登場する。だからこそ、押井の引用する身体論がデカルト以来の心身二元論の延長であり、東洋的な思索へと到らないことに引っかかった。「世界」と「世界観」が最後まで一致していない印象を受けたのである。

「心」と「Mind」が違うように、私たち日本人の身体観も西欧のそれとは異なる。これは私たちが用いる言語の違いに起因している。ヴィトゲンシュタインが「言語ゲーム」という概念で指摘したように、私たち人間は言語によって社会や環境を規定し、共有している。ならば日本人がつくり、日本語で語られるこの映画は、本来日本語という言語で世界が語られていなければならない。『攻殻機動隊』や『イノセンス』では古い大和ことばを乗せた音楽が使われているが、その大和ことばは押井の身体論と乖離している。つまり『イノセンス』では〈日本〉が喪われているのである。

このところ私は日本人が書いた身体論を意識的に読んでいるのだが、なかでも大いに示唆を受けたのが、哲学者・市川浩の指摘する〈身分け〉の構造だった。「身につく」「身にしみる」「身内」など、私たちの日本語は状況によって「身」という言葉のニュアンスを巧みに使い分ける。ヨーロッパ語の「身体」は、精神と身体という二項図式の歴史を背負っているのに対し、大和ことばの「身」はそういった二元論的な図式に嵌《はま》り切らない独自の広がりを持っており、それは常に他者との関わりの中で変化する存在であると市川はいうのだ。長くなるが引用しよう。

『身』という言葉が、文脈の中でさまざまの意味をもつように、身は、世界とかかわって生きる具体的なはたらきのなかで、いわば文脈依存的に身自身を分節化している。つまり身が身で世界を分けることとは、同時に身が世界を介して分けられることにほかならない。(中略)すでに歴史的・社会的に分節化されている意味世界によって、身は分節化されつつ、身づからを〈身分け〉しなおし、そのように細分化された世界によって、同時にふたたび身づからを〈身分け〉される（市川浩『身体の現象論』）

押井監督は市川浩をどう評価するのだろう。この〈身分け〉の構造が積極的に取り入れられたら、『イノセンス』はもっと深いところまで行けたかもしれない。

だが押井は幾つもの手がかりを残している。例えば、『イノセンス』の世界では言語が環境と一体化しているのだ。アジア風都市の至るところに中国語の看板広告がある。バトーたちは言語が確かな質感として環境の中に入り込んだ世界に身を置いているのだ。

これはひとつの象徴だろうか。『イノセンス』ではデジタル的な質感とアナログ的な質感がひとつの画面に混在し、奇妙にリアルな風景をつくり上げている。私たちの脳は物の質感（クオリア）を頼りに記憶を手繰る。私たちはいま、ひとつのリアルな質感の世界に生きているが、あと三〇年も経てば人工的な質感と自然の質感が共存する社会に暮らすのかもしれない。そしてこれから生まれてくる子供たちにとっては、その新しい質感の世界こそが普通になってゆくかもしれないのだ。喪失は世界のデフォルトになってゆく。その世界に質感を伴って溶け込んだ言語。

現代の人間は身体が失われている、と押井は指摘する。そして『イノセンス』は「結局はバトーが自分の身体を探す話」だと。ならば押井は無意識のうちに気付いていたはずなのである。本当に探すべきは自分の〈身体〉ではない。身体を意味づける自分の〈言語〉であり、自分の〈日本〉であると。

（２００４・４）

塵の中のナノサイエンス

四月半ば、北京で開催された日中合同のナノテクノロジーフォーラムを聴きに行ってきた。昨年、地方新聞で長編小説『ダイヤモンド・シーカーズ』を連載していたのだが、その物語の中で日本の科学者が中国を拠点に画期的なナノテク研究を進めるというくだりがある。サラリーマンと一口にいっても業種によって考え方や感覚が違うように、科学の現場にもそれぞれ独特の雰囲気がある。新聞連載のときはこの雰囲気がうまく描写できずにいたが、加筆を前にぜひ現場の雰囲気を知り、中国と日本のナノテク事情を肌で感じてみたかった。

北京首都国際空港に着くと、ふわふわと白い埃《ほこり》のようなものが辺り一面に散乱していた。聞くと柳の出す埃らしい。空は明るいが全体的に白く霞み、粉塵が充満していることがわかる。後で知ったのだがナノ（10^{-9}）という単位は日本語で「塵」と表記するらしいから、ナノテクフォーラムの開催地にふさわしい。

空港からホテルまで一時間弱、ノーベル化学賞の白川英樹先生と一緒の車に同乗できたのは光栄だった。穏やかで、だが好奇心豊かなお人柄に、たちまち魅了されてしまった。私が以前にインフルエンザウイルスの取材で昆明《クンミン》（中国雲南省）に行ったことがあると話すと目を輝かせられた。中国の豊かな植生にご興味をお持ちの様子だった。すでに白川さんは研究の現場からリタイアされ、現在は講演活動や科学政策への協力などをこなし、科学教育や科学ジャーナリズムにも関心を寄せられている。昨年お台場の日本科学未来館で小学生たちを相手に化学実験教室を開かれたことは記憶に新しい。今回のナノテクフォーラムでは日本の科学者四名と中国の科学者四名、そして主催者である日経BP社からウェブ雑誌「日経ナノテクノロジー」の編集長、この九名が発表することになっている。白川さんの基調講演はフォーラム最大の呼び物だった。

ホテルに到着し、まずは記者発表がおこなわれたのだが、ここでおやっと思うことがあったので記しておきたい。白川さんをはじめ日本側の出席者が中国の記者たちの質問に答えるのだが、ナノサイエンスの将来性や技術的な話に混じって、白川さんがおこなっている実験教室にはどんな意味があるのかという質問が出たのである。中国にまで未来館の活動が知れ渡っていることにも驚いたが、中国が日本の科学教育に強い関心を示していることの一端を垣間見た気がした。

白川さんはふたつの意味があると答えた。まずは日本で問題になっている「理科離れ」をなんとかしたいという思いである。日本国民は科学に対する情報をもっと提供してほしいと願っているのではないか。これはメディアの責任でもあり、科学技術の報道に携わる記者がもっと増えてほしいということだ。もうひとつは、次代を担う若者に科学の面白さを知ってもらうために、学校の実験ではできないものをやってあげたいとの思いだという。だが、ここから話は一気に日本の科学教育に進んでいってしまった。中国の記者は追い打ちをかけた。

「私の調べでは、今後五〇年間で日本は三五名のノーベル賞受賞者を輩出するつもりだそうですが、これについて白川先生のご意見を伺いたい」

中国まで来て理科離れの話を聞こうとは！

実はこのフォーラムが開催される直前、衝撃的な報道が続けて出ていた。ひとつは内閣府が発表した「科学技術と社会に関する世論調査」で、科学技術に関する話題に関心がある人の割合は九八年の調査よりも減少し、特に女性と二九歳以下の若い世代で無関心層が広がっている現状が炙《あぶ》り出された。もうひとつは国立天文台の教授が子供を対象におこなったアンケート調査で、地球が太陽のまわりを回っているのか、太陽が地球のまわりを回っているのか、正しいと思うほうを選ばせたところ、実に四一％が天動説を選んだという結果である。白川先生の回答は、明らかにこのショックを引きずってのものだった。

だが、この類の調査結果には注意が必要だ。ここでは理科離れだけが強調されているが、ひょっとしたら理科だけでなく社会科離れや国語離れも進んでいるのかもしれない。内閣府の調査結果をウェブで読むと問題の在処《ありか》がわかってくる。人々は科学技術に関心はあるが、適切な情報提供者がいないと感じている。だが一方で、科学者や技術者の話は機会があってもあまり聞いてみたいとは思わない。なぜなら専門過ぎてわからないからだということらしい。しかし経済や政治の話であっても専門的になる場合があるだろう。問題は科学にあるのではなく、「難しいことが嫌い」だということにある。つまりいまの日本人は、物事全般に興味が持てなくなっている可能性があるのだ。

翌日から始まったフォーラムでは、まず中国の国立ナノサイエンス&ナノテクノロジーセンターの所長が中国のナノテク戦略を概説し、続いて白川さんの講演となった。中国側がITやバイオテクノロジービジネスをも取り込んだイノベーション構想を披露し、見かけのナノテクバブルを排して国際協力を推進したいと纏《まと》めたのに対し、白川さんの講演は結果的に、日本政府の予算の少なさや組織運営の困難さ、科学戦略の不透明さを示すことになってしまった。三五名のノーベル賞の件についても、予算をたくさんつければいいというものではない、ノーベル賞に匹敵する仕事はむしろ低予算の中での創意工夫から生まれている、と強調し、教員あたりの積算公費システムこそが研究者の自由な発想を生み出す基盤だとして、やや地味な主張となった。白川さんのお人柄そのものだったが、中国側としては拍子抜けだったかもしれない。いま中国をはじめアジアではナノテクにかなりの力を注いでいる。特にNECの飯島澄男さんが発見したカーボン《C》ナノ《N》チューブ《T》に対する期待は大きく、アジア諸国にとっては日本こそCNTで世界を制覇する先駆者であり、だからこそ彼らは日本と協調し、あるいは日本を追撃しようと考えているはずなのだ。それなのに――。

フォーラム最終日、日本の研究者たちと一緒に（白川さんはすでに帰国されていた）清華大学の「清華‐富士康ナノテクノロジー研究センター」や北京大学の電子工学&コンピュータサイエンス学部を見学して回った。このふたつと前述の国立センターを合わせた三カ所は中関村《ちゅうかんそん》近辺に密集しており、中国のナノテクトライアングルと呼ばれる。清華大学のセンターは建てられたばかりで閑散としていたが、高価な機器類だけはしっかり揃えられていた。最上階の講堂では学生相手に金の儲けかたの講義がおこなわれていた！　一方の北京大学は昔ながらの校舎だったが、やはり機材はいいものが入っている。研究室の雰囲気は日本のナノテク研究室とほとんど変わらない。このことを知っただけでも大きな収穫だった。五年ほど前までは、中国のナノテク研究は決して高い水準のものではなかったという。ところがいまは一流の科学雑誌にどんどん優れた研究成果が掲載されるまでになった。海外に流出していた自国の研究者を高給で呼び戻し、一気に勝負をかけてきたのである。教授陣は若い。研究内容がＣＮＴ一辺倒であることは気になったが、逆にいえば中国が本気でナノテクを産業に仕立て上げようとしていることの証拠でもある。

　中関村のあちこちで高層ビルの工事が進んでいた。小説を加筆し終える頃には、すっかり光景も変わっていることだろう。私はその夜、一五元の夕食を摂《と》りながら、科学の国民性とは何だろうと考えていた。ナノテクはまだ匠《たくみ》の技が活《い》きる領域だ。しかしいつまでもそれだけでは優位性を保てない。そのとき日本であるということがナノテクに限らず日本の科学に何をもたらすだろう。

　焦燥感には駆られなかった。しかし何といえばいいのか、奇妙に自分の問題意識が上下方向に強く引き伸ばされるのを感じた。中国には地面の砂埃と高層ビルの感覚が同居している。たぶんそのためだろう。

（２００４・５）

きのうは遠くて、心をゆらして

仕事場にしている仙台のマンションの脇に、一区画だけの田圃《たんぼ》がある。その土地の真向かいに住む老夫婦のものなのだろう、幹線道路から一本離れているとはいえ、地下鉄の駅から歩いて五分もかからない場所だ。私が学生だった頃、この辺りはほとんどが沼地だった。それがここ十数年の間ですっかり様変わりし、マンションやアパートが林立した。デパートやサッカースタジアムも出来た。そんな時代の流れにうまく乗れないまま、その田圃は何年も過ぎてしまったように思える。少しずつ身を切り売りし、だがすべてをアスファルトで塗り潰すことも出来ないまま、微妙な面積を残してその田圃は今年も稲を育《はぐく》んでいる。

ちょうどマンションの駐車場は田圃の横道を抜けた向こう側にあるため、私は毎日その田圃を二度見ることになる。だが不思議だ、日々刻々と苗は変化しているはずなのに、私がおやっと思って目を向ける日は飛び飛びなのだ。初夏になると突然カエルが合唱を始める。前日までは静かだった夜道が、不意に音の漣《さざなみ》に包まれる。それまで何気なく眺めていた若苗の絨毯《じゆうたん》が、ある日唐突に背を伸ばしていることに気づく。今年は一度、噎《む》せるほどの青い草の匂いが鼻孔を衝《つ》いてきた。七月の終盤、深夜をすでに過ぎていたと思う。空気はまだ暑く、空は晴れていた。マンションから出た途端にその変化に気付いた。草が発する匂いだったのだ。この原稿を書いている八月上旬の時点ですでに稲穂は重く垂れつつある。家へ帰る途中、車の窓越しに銀杏《いちょう》並木を眺めた。下の方の葉が黄色く変化し、枯れて枝から落ちつつあった。強い陽射しに参ってしまったのだろう、天へ向かって鮮やかに青葉の色を発していたあの六月は、もう遠くへ過ぎ去ってしまった。

大学を辞めてもう五年になる。それ以来私は自宅から仕事場までの道沿いの植物と、この狭い田圃で四季を感じてきたことになる。そのささやかな自然が変化していたことに気付いた瞬間、自分は時間を過ごしたのだなと実感する。そして積み残したままの仕事が頭の中に浮かび、あんなに時間があったはずなのになぜできなかったのだろうと考える。

ロバート・R・マキャモンという作家の長編『少年時代』に忘れられない一節がある。正直にいうと、私はマキャモンの小説があまり好みではない。『少年時代』という万人の郷愁を掻き立てるはずのタイトルも、なぜか私の胸に響かなかった。ここに記されていることは、いや、マキャモンが描くことはすべて借り物のような気がしたのだ。そのため私は『少年時代』を最後にマキャモンを読むのを止めてしまった。だが一ヵ所だけこの小説で感銘を受けた部分がある。それはある人が主人公の少年にいう言葉だ。いま見聞きしているもののすべてを記憶しておきなさい、とその大人はいう。もちろん主人公は少年であるが故に、その言葉に籠められた大人の悔恨を理解することは出来ない。だが私はここではっとなり、思わず本から顔を上げた。

人は記憶で映画を観る、とは押井守監督の言葉である。私は大人になってから何度となく、優れた物語で少年期の夏休みを追体験してきたように思う。私は小説の文字を目で追いながら、自分の記憶を重ね、そして同時に記号化された夏の記憶を重ねて、あの夏休みを永遠に繰り返してきたのである。そこで得られた感情の記憶は、再び私の脳へとフィードバックされて、夏の記憶を補強していった。

例えばスティーヴン・キングの『スタンド・バイ・ミー』だ。ディーン・クーンツの『闇の囁《ささや》き』だ。あるいはダン・シモンズの『サマー・オブ・ナイト』だ。ロジャー・エンジェルの野球エッセイ『シーズン・チケット』も憶えている。教科書で読んだ山川方夫の「夏の葬列」は忘れられない。柏原兵三の小説『長い道』をマンガ化した藤子不二雄Ⓐの『少年時代』、そしてそれを映画化した篠田正浩監督の同名作品、そして何より、毎年公開される「ドラえもん」の映画は、常にひと夏の冒険の物語だった。来年は残年ながらお休みだというが、それでもドラえもんは二五年間にわたって、私をあの夏へと連れ戻し続けた。

映画『ジュブナイル』の山崎貴監督がいいことをいっている。「ドラえもん」の世界は決して進展しない。のび太はいつまで経っても弱虫であるし、どんなに凄い大冒険に出掛けても翌日には必ず0点を取る。それがギャグマンガとしてのセオリーだからである。だがずっと「ドラえもん」を見続けていると、わずかにのび太が変わっていることがわかるというのだ。映画の中ののび太は見知らぬ世界で大冒険をして、最後には必ず家に帰ってくる。だがそこでほんの少しばかりのび太は変わっている。翌週にTVを観れば相変わらず0点を取っているのび太だが、翌年の映画になるとまた少し、そう、ほんの少しだけ変わるのである。山崎監督が指摘したことは正しい。ドラえもんのファンはおそらくその小さな変化を大事に胸に留めているのだ。

だが、のび太の何が変わったのだろう？　のび太はいつ変わったのだろう？　あるシーンで突然変化したわけではない。冒険が終わり、夏休みが過ぎ去り、エンドクレジットが流れ出すことで、私たちは初めてのび太が変わったことに気づく。そのときになって私たちは記憶を再生し、そのもやもやとした電気信号のどこかに楔《くさび》を打ち込むのだ。変わったという刻印を付けるために。

いま見えているものをすべて記憶しておけという言葉は、夏休みを過ごす少年にとって、おそらく大人が告げることの許される唯一の真理なのかもしれない。私たちは変わったということを後で知るために、変わらない夏を過ごし続けるのだ。ならば夏休みの日記という宿題ほど行き届いたものはない。書いている間、私たちはそれが記録だとは思わない。そこに鉛筆で記してゆく一字一字が記憶への楔《くさび》となることなど思いもよらない。だからこそ書ける。おそらく少年の頃は夏休みの日記など読み返そうともしないだろう。当時の日記が必要になるのは少年期を過ぎてからだ。

私の実家の倉庫にはたぶん当時の日記が残っているだろう。私はそれを見る機会がなかった。探そうと思えば探せるが、あえてそのアクションを取ることはなかった。代わりに私は夏の小説を読んだのである。そこに書かれている少年期は私の体験と同じではない。以前『知能の謎　認知発達ロボティクスの挑戦』の中で、特殊性と特別性の違いについて述べたことがある。私の脳の中にはそのふたつの記憶が混在している。その混在した状態こそが、紛れもないいまの私の記憶であり、紛れもない私のかつての夏休みなのだ。

一昨年の夏、ある研究会のために函館の合宿所を訪れた。そこから帰るとき、私たちは小さな駅のプラットホームで電車を待った。ホームのアスファルトは灼《や》けて罅割《ひび》れ、雑草がその隙間から顔を出していた。真っ直ぐの線路が左右に続いており、空は快晴だった。私は細長く残されたわずかな庇《ひさし》の影に入りながら、細めた目で線路の果てを見つめた。初めてやって来た場所なのに、景色は記号に彩られ、ずいぶん前から知っていたような気がした。だが記号化されたその光景は、かすかに陽炎《かげろう》に揺られながらも実在の世界だった。

どんな季節であろうとパソコンのキーボードを叩いていることに変わりはない。だがここ数年、私は夏になると不安を覚えるようになった。普段は感じないが、ときとしてふっとその不安が影のように立ち現れる。私はすべてを記憶しているだろうか、という不安だ。これから記憶は年を経るごとに衰《おとろ》えてゆくだろう。来年になったとき、私はこの夏を憶えているだろうか。私はいつか少年期の記憶だけを残して、他のすべての夏を失ってしまうのではないだろうか。

明日の夜も私は田圃の脇の道を歩くことになる。明後日も、明々後日も。稲は私の五感に不意打ちを食らわせる。田圃がなくならないことを願う。この夏を、そしてこれからの夏を記憶するために。

（2004・9）

ルパンのフィアットのように自由に

映画『バック・トゥ・ザ・フューチャー』が劇場で封切られたとき、私は高校生だった。マイケル・J・フォックス演じるロック好きの高校生マーティは、デロリアンに乗って一九八五年から一九五五年にタイムトラベルしてしまう。当時もいまも強く印象に残っているのが「This is heavy」というマーティの口癖だ。「ひでえな」「マジかよ」といった意味であるわけだが、それを聞いたクリストファー・ロイド演じる三〇年前のドクは意味がわからず真顔でいう。「重力は関係ない。それとも未来では重力が変化しているのか?」

私たち人間は落ち込んだり舞い上がったりと気分の重さがよく変化する。腰が重いとか口が軽いといって他人の性格を示したり、空気の重さでその場の雰囲気を表現したりもする。ソルジェニーツィンの小説は重々しいと感じ、アニメ調の挿絵がふんだんに盛り込まれたジュヴナイル小説はライトノベルだと区別する。

宮崎駿のアニメ映画を観ていて爽快感を覚えるのは、いつでも重力から解き放たれる瞬間だ。『ルパン三世　カリオストロの城』の冒頭のチェイスシーンがそれを端的に示していると思う。悪者の車を追うルパンたちの黄色いフィアット500は、やがて加速を続けついに重力を無視して道の側壁をぐんぐん登ってゆく。この瞬間、おそらくスクリーンを観ている私たちの脳の中でスイッチングが起こり、物語がドライヴする。いま観ている映画は現実のニュートン則が働かない世界を描いているのだと無意識に知ることで、心が現実世界から羽ばたき、そのファンタジー世界を支配する「物理法則」を受け入れるのである。想像の翼とはよくいったものだ。重力の感覚は世界を認識する非常に強力な手段なのである。

しかし近年のCG技術の発展に伴って、私はハリウッド映画から急速に「重力」を感じられなくなりつつある。重力そのものが消失したということではない。その世界の重力をどのような法則で捉えればいいのか、どうにも判断に苦しむ作品が頻出し始めているのだ。

最初にその違和感をはっきりと覚えたのは一九九三年の『ジュラシック・パーク』だった。恐竜が初めて大画面にはっきりと登場するシーンだ。巨大なブラキオサウルスが後ろ足で立ち上がり、高い樹木の葉を口でむしり取る。現在ではこの動作は不可能だという学説が主流だが、そのことはひとまず措《お》こう。とにかく多くの観客は当時このシーンのあまりのリアルさに鳥肌を立てたはずだ。しかし次の瞬間を思い出してほしい。ブラキオサウルスが前足を地面についたとき、あなたは奇妙な感じを受けなかっただろうか。私は受けた。地響きが少ないような気がしたのだ。あれほど巨大な体躯《たいく》がなぜこんなに軽いのだろう。ブラキオサウルスはワンシーンの中でその重みを変化させてしまったのである。

アニメでは昔からお約束のギャグがある。断崖絶壁とは知らずに歩いていた人間が、そのまま空中を歩き続け、あるところまで来て足下に何もないことに気付き、ようやく悲鳴を上げて落下するというやつである。アニメーションは重力を無視した状況を描くことで観客を驚かし続けてきた。最近はコミックの実写化でこの重力の描き方が踏襲され、これが実に奇妙な感覚を与える。

例えば映画『スパイダーマン』では、スパイダーマンが自在にビルからビルへと飛び移り、細いポールにぴたりと止まったりする。私はこのとき彼の質量を感じることができない。あれほどの速度でポールに飛び移ったら、ポールは衝撃を受けて撓《しな》るはずだ。しかしポールがスパイダーマンの質量を受け止めたようには見えない。コミックの世界がなまじリアルな現実に置き換えられているために、重力の欠如が酷《ひど》く気になる。

しかし世界観を隅々まで厳格に構築しているはずの『ロード・オブ・ザ・リング』でも、こと重力に関してはなおざりだ。巨大な翼竜が羽ばたいてもその重みは画面から抜け落ちている。そうかと思うと『ヴァン・ヘルシング』では重力からの自由度が世界のカリカチュアライズに貢献していた。この映画に登場するヴァンパイアの花嫁たちは翼で空を飛ぶのだが、どう考えてもきちんと翼で空気を摑んで体重を押し上げているようには見えない。あたかもワイヤーワークで吊されているように羽ばたくのである！　しかしこの違和感は古いユニヴァーサル映画が大好きだったというスティーヴン・ソマーズ監督の世界観にマッチしているのだから面白い。往年の特撮を楽しむように、私は『ヴァン・ヘルシング』の映像を受け入れてしまったのだから。

私たちはアニメや映画、特撮ドラマの表現を一種の記号として消化してきた。巨大であるはずのゴジラは本当は人間大で、破壊される街のほうがミニチュアだった。その映像は実際のスケールの物理則を再現しているわけではなかった。だがCGがあまりにも進歩し、本物と見分けがつかなくなったとき、「重力」の違いを私は敏感に感じるようになっていたのである。数年前、古田貴之さんの〈morph〉という小さなヒト型ロボットの実演を初めて間近に見たとき、私は実機とロボットアニメの重さの違いにようやく気付いて衝撃を受けたものだ。力強く素速い動きが可能な〈morph〉は、空手チョップをすると本当に空気が切れるような感じが伝わってくる。この重さはそれまで私がロボットアニメを見ていて一度も実感したことのないものであり、人生で初めてロボットアニメの表現が間違っていたことを知った。

だが、ドクの言葉は図らずも未来を予言してしまうのかもしれない。その兆候はアニメ映画『イノセンス』にある。この映画では背景がCGで描かれているのだが、それは一枚の絵画ではない。例えば机の上に皿があるとすると、画家がまずその皿の絵を描く。その絵を三次元で表現されたCGの皿の表面に貼り付け、画面の中に置くのである。机も床もすべてこの手法で構築される。画家は皿を描くときその重さを意識しているかもしれない。しかしその重さはテクスチュアとして二次元化され、CG世界の中に貼り付けられることによって失われてしまう。つまり『イノセンス』はすべてが「表面」のみで構築された世界であり、その内側には何もないのである。さらに『イノセンス』では人物と背景を隔てる輪郭も意図的にぼかされているシーンが多い。奥行きがありながら画面はのっぺりとして、しかし細部まで奇妙に精密な世界が生み出される。

私は子供の頃、ローテクな特撮を観て育った。しかしいま『スパイダーマン』や『ヴァン・ヘルシング』で映画に接している子たちの感覚はどうなるだろう。重力のない世界がスタンダードになってしまうかもしれない。そしてこの現実世界が非常に重く感じられるようになるかもしれない。「This is heavy」が冗談でなくなるのだ。

それとも、現実社会でも本当に重力がなくなるのだろうか？　ＶＲ技術が現実社会に浸透してくると、目に見えるさまざまなものがテクスチュアだけで表現されるようになるかもしれない。『イノセンス』の世界に私たちは入り込む。そのとき私たちはどの世界の重力を、よりヴィヴィッドに感じるようになるだろう。

ルパン三世がフィアット５００で断崖を駆け上がるあの爽快感は、いつまでも残っていてほしいのだ。

（２００４・12）

夢と危機感の宇宙航空ビジョン

この原稿が掲載される頃には、H－ⅡA7ロケットが無事に打ち上がっているだろうか。今回、初めて種子島の射場まで打ち上げを見学しに行こうと思っている。

ちょうど昨日、宇宙航空研究開発機構（JAXA）の宇宙航空ビジョンアドバイザリー委員会に出席してきたところだ。日本の宇宙航空に関する長期的なビジョンを作成するにあたって、研究者や技術者、マスコミ関係者などを集めて意見を募り、それをJAXA内の討議に反映させてゆくのが目的だ。二十数名のメンバーで月一回の会合を持つ。

私はこれまで宇宙を舞台にした小説を書いたことはないのだが、昨年末に作家の笹本祐一さんと小松左京さんから、ほぼ同時に打診をいただいたのである。JAXAが私の連絡先を知りたくて、複数の作家にコンタクトを取ったようなのだ。小松左京事務所の秘書の方と、そのときいろいろと電話で話した。人類にとって宇宙とは何か、といったビジョンをしっかり語れるのはやはり作家である、だが単に委員会が雑談に終始して、検討結果がまったくビジョンに反映されないのでは参加する意味もない、そこをきちんと見極めた上で諾否を決めた方がよい、と身に染《し》みるアドバイスまでいただいた。

このところ日本の宇宙航空開発は危機的状況に晒《さら》されている。二〇〇三年一一月のH‐IIA6ロケットは打ち上げが失敗し、環境観測技術衛星みどりIIにも異常が発見された。一方アメリカでは新宇宙探査ビジョンが発表されているし、中国は有人宇宙飛行を成功させて、特に後者は日本でも大々的に報じられた。ここに来て日本は各国から大きく水をあけられてしまった観がある。

これまで日本の宇宙航空開発は、大型ロケットや人工衛星、宇宙ステーションの開発などが中心の宇宙開発事業団（NASDA）、宇宙や惑星の科学的研究が中心の宇宙科学研究所（ISAS）、そして次世代航空宇宙技術開発が中心の航空宇宙技術研究所（NAL）という三機構が推進してきた。それが二〇〇三年一〇月にJAXAへと統合されたわけだが、もともと文化の違う組織が合体したために内部調整が難しい。近年は宇宙への国民の関心も薄れ、今後の国家的科学技術戦略からも宇宙開発が軽視される傾向のなか、JAXAはいま中長期のビジョンを打ち出せずにいるのだ。

あちこちで指摘されていることなのだが、実はロケットの総打ち上げ数に対する成功の割合は、日本もアメリカも欧州も九〇％前後でさほど変わりはない。ただし、例えば欧州のアリアンロケットが六〇年代から一六〇本以上も打ち打げられているのに対し、日本はわずか四〇本弱。圧倒的に打ち上げ数が少ないため、相対的に失敗の印象が強くなってしまっているのだ。しかもここ数年に失敗が集中している。また航空活動はどうかというと、かつてはYS‐11という有名な国産民間旅客機があったが、その後はほとんど自主開発もなされず、最近になってようやくそれを反省する動きが出始めている程度である。

一月におこなわれた第一回の委員会では、まずＪＡＸＡによる長期ビジョンの草案が提示された。ごちゃごちゃと総花的《そうばなてき》なだけで、正直なところこちらの心に迫って来ない。委員のほとんども最初から苛立ちを感じていたようだ。なかでも寺島実郎氏の意見が印象的だった。宇宙航空開発の夢は危機感と表裏一体であるというのである。いま日本は国家戦略意思が問われている。例えばＧＰＳ（全地球測位システム）ひとつにしても、アメリカと提携するのか欧州なのか、それともアジアを選択するのかによって、情報の流れは大きく変わってくる。欧州のガリレオ計画に中国やインドは参画しているが、日本はどうするのか。情報はセキュリティの根幹と結びついており、これはつまり日本のセキュリティをどこに託すかという選択でもある。ＧＰＳは自動車のカーナビなどに使われて生活を便利にしてくれる反面、自分の位置を掌握されるという危険も孕んでいる。国民の夢は国民の危機感と同一のテーマなのだ。日本はアメリカや欧州とは違う第三のポジションを確立したいのかどうなのか、彼らとどう連携し、どう距離をつくるのか、その覚悟を決めなくてはならない、というわけである。この意見にはメンバーたちの多くも無言で賛同していたと思う。

そして二回目の委員会でも、やはりＪＡＸＡ側の草案に対して不満が出た。ＪＡＸＡ草案の骨子は次の五点だ。

一、安全で豊かな社会の実現。他の研究機関と連携して地球を観測し、災害情報を収集する。
二、未知への挑戦と活動領域の拡大。月探査やラグランジェ点における宇宙港開発。
三、宇宙利用能力の構築。有人を含む輸送システムの確立と、誰もが容易に利用できる宇宙の実現。
四、自律性と国際競争力を具備した宇宙産業の成長。実用重視、行政ニーズの発掘と民間利用サービスの創出。
五、航空産業の成長と航空機による国民の利便性の向上。自国の航空機産業のシェアを二〇年後までに三％から一五％へ拡大、日本から太平洋周辺国まで二時間以内で飛ぶ極超音速機技術の実証。

しかしこれは誰に向けてのビジョンなのか。文面から人間の顔や心が見えてこない。草案の新しい部分はどこなのかという質問に対して、ＪＡＸＡ側が答えた。これまでＪＡＸＡはプロバイダーだった。しかしそれだとエンドユーザーから見て何をやっているのかよくわからない。そのためエンドユーザーが使えるかたちを提示したい。有人宇宙飛行にしても各国とあわせて対応したいし、他の機関と連携して仕事をしたい。ＪＡＸＡはパートナーになりたいのだと。

私はその席で意見を出した。パートナーになることが第一義ではないはずだ。パートナーシップを結んでもらうには、その機関に独自の魅力がなければならない。ＪＡＸＡ自身が各国とは違

H-ⅡA7の打ち上げ　提供：MHI

う独自の技術力を持つことが、パートナーとしての存在意義になるのではないか。そのことを考えずに他機関との連携を求めるのは本末転倒ではないのか。

有人宇宙開発についても意見が交わされた。フロンティアスピリットとしてやるべきだという意見もあれば、いや有人飛行の技術など時代遅れでありロボット技術力に任せるべきだとの意見もあった。しかしこれも私は違う意見を述べた。宇宙とは極限環境である。なぜ人類は極限環境を開発するのか。それは日常生活を豊かにするためなのだ。それは物質面と精神面の両方を含んでいる。

残念ながら人類は保守的らしい。私が子供の頃は、地下や空中、宇宙に人類の居住空間を広げてゆくビジョンが大々的に学習雑誌を飾っていた。しかしいま人類は、地球の表面でつつましく暮らすことを願っている。それならそれでもよいだろう。だが地球表面で豊かに暮らすためには、海底ケーブルを這《は》わせ、大深度地下にトンネルを掘って、極限環境を有効に使わなければならないのだ。極限環境を開発するには、人間だけでもロボットだけでもうまくいかない。両者が協調して仕事をしなければならない。誰かが極限環境に直に行ってその場所を目で見ること、そして人間の頭で判断すること、それが絶対に必要になる。遠隔操作技術も不可欠ではあるが、人間がその場に行かなければ開発できないことは無数にある。そのとき人間とロボットが気持ちよく協調できる技術を育むのが日本の役割ではないのか。そしてその仕事は、かならず地球表面に暮らすお祖父さんやお祖母さん、子供やサラリーマンを、物質的・精神的に拡張し、豊かにするはずだ。日常環境と極限環境がつながること、それが本当の開発である。

委員会はあと一回で終わる。私たちの意見がどれだけ反映されるのかわからない。それまでにH-IIA7をこの目で見て来よう。

（2005・3）

ロケット上昇、そして視点の獲得

二月二六日の早朝、羽田空港第二ビルから鹿児島への飛行機に乗り込んだ。そこからさらに種子島まで、YS－11で約四〇分の距離である。来年に運航終了するYS－11だが、実は搭乗するのはこれが初めてだった。主翼のすぐ側の席に座る。窓の位置が低くて、上体を縮こめないと外がよく見えない。だがロケットの打ち上げを見学するのに、国産飛行機に乗るのは気分を盛り上げるためにもいいいと思った。関係者らしき人たちが続々と同じ機内に乗り込んでくる。

空には低い雲が立ちこめており、着陸時にはそれなりに揺れた。予定よりやや遅れて、種子島に到着したのは午後三時だった。かなり風が強くて肌寒いことに驚いた。JAXA（宇宙航空研究開発機構）が手配してくれたバスに乗り込み、ガイドの説明に耳を傾けたところ、風の有無によって種子島は大きく気温が変化するらしい。しかしこの程度なら打ち上げは大丈夫だろう、まだ延期の連絡は受けていないという。今回のH－IIA7ロケットは、もともと二四日に打ち上げが予定されていた。しかし天候の悪化により延期になっていたのだ。私はその間、東京で待機しながらJAXAの連絡を待っていた。

前回書いたように、今年に入ってから月一回の宇宙航空ビジョンアドバイザリー委員会に出席している。その縁でJAXAから打ち上げ視察のお誘いをいただいたのだ。往復の運賃や宿泊費は自分持ちだが、それでも一度くらいは自分の目と身体で打ち上げの瞬間を体験してみたいと思っていた。

飛行場から射場まではかなりの距離がある。種子島の山は由緒正しい日本の雑木林といった趣で、本当にさまざまな樹木が混在し、その顔つきも豊かだ。浅瀬に広がるマングローブや、海岸沿いの奇岩の風景に目を奪われながら、私たちは島の南端に位置する宇宙センターへと向かった。ロケット打ち上げの際には、射場から半径三キロ以内に人が入ることはできない。私たちの見学場所はその半径から少し外に位置する竹崎観望台だ。ここでiモードの松永真理さんとばったり出会った。松永さんとは以前に経済産業省のロボット懇談会でも一緒になったことがある。松永さんも私と同様に打ち上げ見学は初めてだという。

四階に席が用意されていたが、周りにいるのは国土交通省の役人など関係者ばかりで、あまり楽しい雰囲気ではない。そこで松永さんと共に抜け出して三階のプレスルームへ降りると、笹本祐一さんや森奈津子さんらを含む宇宙作家クラブのメンバーが集まっていた。笹本さんが今回お誘いした佐々木譲さんの姿もある。松永さんが顔をほころばせた。佐々木さんの奥様と一緒に働いていたことがあるのだそうだ。中野不二男さんの姿もお見かけしたので挨拶をする。

四階よりもプレスルームのほうがよっぽど面白いので、私は松永さんと一緒にほとんど三階にいた。打ち上げは途中でケーブルのトラブルがあり、やや遅れたものの順調に進んだ。一〇分ほど前になってから笹本さんらと観望台に上がった。ちょうど夕暮れどきに差し掛かり、射場がライトアップされていた。すぐ右手は奇岩が並ぶビーチで、水平線の向こうに光が燦《きら》めいている。

「デジカメを持って来ているでしょう。でも素人にいい写真が撮れるはずはない。まずは自分の目でしっかり見て下さい」

と笹本さんがいう。私はそのアドバイスに従った。カウントダウンの放送が聞こえないので、いつ発射なのかいまひとつわからない。だが周囲の人たちのそわそわした感じが高まり、発射が近いことに気づいた。雲が多かったため、発射から一〇秒ほどでロケットの姿は見えなくなった。

音が遅れてくることはわかっていたが、射場の方角から聞こえてくるものだと思っていた。しかし本格的な音は上方からやってきた。雲の向こうに見えなくなったロケットから、衝撃波が雷のように降ってくる。その音はやがて雲いっぱいに広がり、ばりばりと轟《とどろ》いた。ロケットの方向はまったく違うのだろうが、音が少しずつ広がってゆくときは自分の頭上を巨大なものが通り過ぎてゆくような錯覚に陥り、私は思わず空を仰いだ。すべての音が収まると、射場付近には龍のようにうねる煙が残っており、草が燃えているのが見えた。私はその煙と夕闇の空を一枚だけデジタルカメラに記録した。

松永さんと共に四階へ戻り、その後の経過を待つ。約四〇分後、衛星が軌道に入ったことを知らせるアナウンスが届いたとき、拍手が起こった。

そして私は再び笹本さんらと合流し、午後八時からの記者会見に足を運んだ。ＪＡＸＡの立川敬二理事長や中山成彬《なりあき》文部科学大臣の談話が中心の第一部が終わると、今度は第二部として現場の技術責任者らが壇上に上がった。途中、JAXAロケット主任の河内山治朗氏と企画主任（射場室長）の園田昭眞《しょうしん》氏が感極まって目頭を押さえた。

なかでも主幹プロジェクト統括である三菱重工・浅田正一郎氏が、ロケットの信頼性について語った言葉は印象的だった。ロケットは少ない回数で大きな信頼性を得なければならない。それは車や飛行機の場合とは異なる信頼性であり、おそらくは学問なのではないか、という意見だった。

三月一六日、三度目にして最後のアドバイザリー委員会が開かれ、私も末席に連なって最後の務めを果たした。前回に引き続いて、再度「このビジョンの新しいところはどこか」という質問が出る。JAXAの理事が答えた。これまで私たちはNASDAやISASの視点から宇宙について語ってきた。しかしいまはJAXAになったのだから、仕事のメカニズムを変え、外部との関わり方も変えて、エンジニアリングそのものの視点にし、アジアの視点なども取り入れていきたい。つまりはJAXAの仕事の文化を変えたいのだ、と。

今回の長期ビジョンを最終的に決めるのはJAXA自身である。私たち委員はそのビジョン案を自らの視点で見てアドバイスをするだけだ。このビジョンは国民全員に向けられたものではない。直接宇宙を仕事としている関係者に向けられた文書であり、国民に対してはさらに別の文書が書かれることになるだろう。

私はこう理解している。つまりこれはＪＡＸＡという組織が新しい視点を獲得し、それを宇宙航空開発関係者全員で共有し実行してゆくためのビジョンなのだ。しかし国民はもっと別のタイプのビジョンを求めるだろう。今後日本がどんな開発を推進してゆくのか、ＪＡＸＡがどんな素晴しい青写真を描いてくれるのか、それに期待しているはずだ。ロケットの失敗によって薄れた信頼性を一刻も早く取り戻し、わくわくするようなことをやってほしい。そこにＪＡＸＡと我々の間で意識のズレがある。

だが、理念に至るストーリーと、そこから先のストーリーが明確であればよいのだと私は思う。ＪＡＸＡが視点を獲得し、実行してゆくこと、それがすなわち日本や個々人の目標でもあるとわかればよいのだ。両者がシンクロするためにはストーリーが必要である。私は最後の委員会の席で、後付けでもよいからもっとストーリーを語ってほしいと述べた。そうすれば必ず、宇宙航空開発に直接関係ない人の心もとらえることができるはずだと。

私個人に何ができたのかわからない。私の言葉は会議の中で浮いていたかもしれない。だが今後もまたいつか、ロケットの打ち上げを見に行こうと私は思った。

（２００５・４）

「神の視点」を狩れ

山田正紀さん（以下、敬称略）の新作長篇小説『神狩り2　リッパー』を読んだ。デビュー作の『神狩り』から、実に三〇年ぶりの続篇である。神の言語の痕跡を知った情報工学者の苦闘を描いた前作は、いま読み返すと当時のひりひりした空気が伝わってきて、それが同時代小説であり青春小説であったことがわかる。そして二一世紀になって書かれた続篇もやはり同時代小説であった。なぜならそこには認知科学や脳科学の成果が貪欲に取り入れられ、「自我」と「神の視点」の問題が中心に据えられていたからだ。

ある意味で『神狩り2』は異様な小説である。天使が舞い降り急襲してくる冒頭からしばらくの間、文章の〝視点〟がまったく登場人物に同化せず、目の前で展開される客観的な事件に地の文がいちいち驚き、叫び、おののき、喚くのだ。これはどういうことなのか。

ここからは『神狩り2』の内容を明かすことになるので未読の方はご注意いただきたい。『神狩り2』で焦点となるのが「クオリア」という概念、そして「自閉」である。クオリアとは、例えばリンゴといわれたときにありありと心の中に浮かんでくる、あの赤いつやつやとした質感のことだ。コンピュータに心を持たせるための最重要課題のひとつが、このクオリアの導入だといわれている。『神狩り2』では神をありありと感じるクオリア、すなわち「神クオリア」というアイデアが導入される。神は人間の脳に細工を施し、この神クオリアを意図的に隠蔽していたというわけだ。そして四万年前、ホモ・サピエンスに聖なるクオリアが発生し、これによって人類は急速に進化を遂げた。各地で同時多発的に新しい影像や壁画、楽器が出現したのはそのためだが、一方で神クオリアはヒトに宗教抗争などの災いをもたらすことにもなったというのである。

この物語に登場する江藤という認知科学者は、自らを一種の自閉症者であると告白しつつ、聖言語障害なる自説を深めてゆく。自閉症患者には言語障害が見られることが多いが、特殊な自閉症患者は神の言語である聖言語を話そうとするために、日常言語に支障を来しているのではないかというのだ。『神狩り2』では「自閉」する心の働きと言語機能との関連が、神クオリアの獲得と結びつけられる。

はたして四万年前の人類の進化は神クオリアの仕業なのだろうか？　さて、ここからは現実の科学の話だ。進化心理学者ニコラス・ハンフリーの著書『喪失と獲得』の中に、「洞窟絵画・自閉症・人間の心の進化」という驚くべき論文が収録されている。ここでハンフリーは、約三万年前に描かれたショーヴェとコスケールの洞窟壁画を紹介する。これらの絵は非常に緻密かつ写実的であることで知られており、人類の心の進化を研究する人々にとっても重要な素材である。多くの人はこれらの壁画を、人類が象徴的思考をするようになった証拠だと見なしているのだ。しかしハンフリーはこの説に異を唱える。

彼は言語障害を持つナディアという自閉症の少女が描いた見事な絵と洞窟壁画を並べ、そのタッチが極めてよく似ていることを示すのだ。すなわち三万年前の壁画は人類の脳が現代的な心を獲得した証拠どころか、自閉症患者に相当するような人間が描いた可能性が高い。ナディアは後にわずかな言語を獲得したとき、絵画の技量を失ってしまったという。ならば、見たままをありありと描く自然主義的絵画の能力は、「詩の到来に対して支払わなければならなかった代価だったのかもしれない」——とさえハンフリーは書いている。

江藤は『神狩り2』のクライマックス近くでフィリップ・K・ディックを引用しながら、本当は自閉症児こそ世界の本来の姿を見ているのではないか。それ以外の人間が見えていないだけではないのかと自説を唱える。だがハンフリーの仮説を知ったいま、私たちはこの江藤の考察をどのように受け止めればよいのか。ハンフリーは壁画に焦点を絞っているため、同時期の飛躍的な道具の発達との関連性は論じていない。だが象徴的思考（つまりは高度な言語能力だ）の証拠だとされた壁画が自閉症児のナディアと結びつくならば、そしてさらなる空想が許されるならば、三万年前の壁画によって、『神狩り2』に投入されたアイデアは大きなうねりとねじれを発し、私たちに襲いかかってくることになる。

山田正紀作品には「そのときのことだ」というお馴染みのフレーズがある。これは彼の書き癖だと思うが、本作に限ってはこれが出始めると視点が安定し、描写が登場人物に寄り添ってくる。だが「そのときのことだ」と考える視点の主体は誰か。「そのとき」の「こと」だと思うには、事件の流れをコンテクストとして把握する主体がなければならない。すなわちビデオを回しているカメラマン、山田正紀本人である。そして山田作品では、通常このカメラマンが登場人物になんとか同化しているのだが、ときに自在に離れて飛び回るため、読者に異様な印象を与える。本作の冒頭部にそのカメラマンの驚きがそのまま描かれ続けるのだ。そしてこういう視点は、多くの人が知るように、普通は〝神の視点〟と呼ばれる。

詳しくは『デカルトの密室』でも述べるつもりだが、人工知能研究で古くから議論されている「フレーム問題」は、視点の問題だともいわれている。私たちが馴染みのない状況下でパニックに陥ってしまう「一般化フレーム問題」の本質は、私たちが〝人間の視点〟から〝神の視点〟にシフトしてしまうために生じるのだという説もある。私たちの心と身体は、〝神の視点〟をいまだ充分に使いこなせずにいるのだ。

自分が小説を書くことは「自閉症なりの適応かもしれない」、と山田正紀は『神狩り2』に関する座談会で発言して周囲の人間を当惑させているが、これはかなり核心をつく発言だ。もちろん「自閉症」というのは比喩表現であろうが、ここに視点の問題に対する山田の問題意識がはっきりと読み取れる。山田が「神の視点」を操って物語を書くのは、彼自身の「自閉」に対する適応にほかならないのだ。そして私にも比喩が許されるなら、山田正紀は聖言語の持ち主ともいえる作家であるから、私たち読者に神と〝神の視点〟の関係を物語として明示してくれたのだといいたい。

ここからが重要である。山田正紀に限らず、私たち人間の脳は〝神の視点〟を持っている。だが私たちは普段その視点に気づかない。しかしひとたび心がパニックに陥ったり、脳が障害を受けたりしたとき、そう、そのときのことだ、私たちは〝神の視点〟へとシフトし、神となってこの世の中を見てしまうために、非日常へと陥ってしまう。

「何を書いても誉められるのは、何もいわれないことと同じ」と呟《つぶや》いた山田正紀は、明らかに『神狩り2』で「俺を狩れ」といっているわけである。山田正紀の三〇年にわたる作家生活を支えてきたのは、「自閉」である自らを狩ってくれる誰かを捜し出したいという衝動だったのかもしれない。彼は自分を狩るものが誰もいないために仕方なく自分で自分を狩り続けていたのではないか。しかし彼はついに『神狩り2』で自らの一部を次の世代《ネクスト・ジエネレーションズ》に託したのである。

私たちは神に迫る科学の端を摑んだ。それはおそらく〝神の視点〟なのである。〝神の視点〟へのシフトが生じたとき、私たち（本人や周囲の第三者）の心の中で何が起こっているのか。視点を狩ることが現代の認知科学や脳科学の先端とシンクロする。そして幸いなことに、私たちは視点の問題に対して、理系だけでなく文系の側からもこれまで多くの知見を積み上げてきている。

私たちは顕微鏡で細胞を見つめ、望遠鏡で星を見つめて、この世界を理解しようとしてきた。その眼差しに〝神〟が潜んでいることを、これからの科学は解き明かしてゆくのだろう。

（２００５・５）

5章 空が広がり、雲が流れる

ここの最後の章には、雑多な文章を集めている。書評とは呼べないようなおすすめコラムや、雑誌の一コーナーを割り当てられて書いたものなども含まれている。しかし偶然にも、自分にとって思い入れの深いテーマが多くなった。

インフルエンザウイルスに関するエッセイは、まだ日本で鳥インフルエンザが注目される前に書いたものだ。そのため読者を過度に怖がらせることのないようにとかなり気を遣った書き方をしている。高橋克彦さんに関する二編は、高橋さんのファンクラブ会報に寄せたもので、「胸に残った三つの励まし」は当時の私の気持ちを正直に記している。

雑誌「BRUTUS」に書いたエッセイではスティーヴン・キングとディーン・クーンツの比較を試みた。両者の作品のラストシーンを突き合わせて、キングは希望の作家、クーンツは目的の作家だと述べたわけだ。しかしその後、クーンツは長篇 *The Taking*（二〇〇四）のラストを"Hope"の一言で締め括るという荒技に出て、これは私にとって衝撃であった。ますますクーンツから目が離せないと思った次第である。

秘蔵の朗読テープ5本

「Watch out!」ではじまるイングリッシュ・アドベンチャー『追跡』。日本人青年マサオを主人公にした、シドニィ・シェルダン原作の英語朗読テープを聴いた読者も多いと思う。だが、物語のあまりのつまらなさに、聴く気が失せてしまった人もいるのではないだろうか。私も実はその一人だった。朗読テープで英語の勉強をしたい、でもつまらない話はいやだ、そう思っていた数年前、洋書売り場で小説の朗読テープが販売されていることに気がついたのである。

日本では、小説の朗読テープというと古典や名作短編ものが多いのだが、アメリカやイギリスではごく最近のベストセラー小説が大量にテープ化されている。これは識字率が低いことに原因があるらしい。つまり、聴き取りはできるものの文字は読めないといった人たちのニーズに応《こた》えるために、新作ベストセラーが片端からテープ化されているというわけなのである。

しかも、朗読している面子《メンツ》がすごい。一流のハリウッド俳優を使っている。本と映画好きにはたまらないのだ。私は一時期、これらの朗読テープをコレクションしていた。今回はその中でも特に聴き取りやすくて話も面白く、英語の成績アップにもつながりそうなものを紹介しようと思う。

まずは『Anne of Green Gables』（原作L・M・モンゴメリ、朗読ミーガン・フォローズ）。映画『赤毛のアン』には、原作のイメージどおりと感激の涙を流した女の人も多いのでは？ 特に主役のミーガン・フォローズはまさにアンそのものだったが、このテープはその彼女が朗読している。癖《くせ》のない発音、情感溢《あふ》れる表現、どこをとっても文句なし。原作を読んでいる人なら一発で聴き取れるはず。女性のみならず男性にも、英語テープ初心者にまずはこれをお勧めしたい。

続いては『Rage of Angels』（原作シドニィ・シェルダン、朗読スザンナ・ヨーク）。シェルダンのテープは全てDOVE/MORROW社から発売されており、意外と簡単に手に入る。原作を読んで気に入ったものから聴くといいだろう。朗読者の顔触れもなかなかのもので、『ゲームの達人』は『猿の惑星』の科学者ロディー・マクドウォール、『裸の顔』『明日があるなら』は007のロジャー・ムーア！ それどころか、なんとシェルダン自身が朗読しているものもある。ここではシェルダンの最高傑作（という人がいる）で、かつ英語も聴き取りやすい『天使の怒り』をおすすめしよう。

そして『Interview with the Vampire』（原作アン・ライス、朗読F・マリー・エイブラハム）。言わずと知れた、トム・クルーズ&ブラッド・ピット主演の映画原作。朗読は『アマデウス』のサリエリ役で強烈な印象を残したフランク・マーリー・エイブラハムだ。朗読がとにかく素晴らしい。役者はこうでなければと思わせるほどだ。絶品。

さらに『California Gold』（原作ジョン・ジェイクス、朗読リチャード・ダイサルト）。ジョン・

ジェイクスって誰？　という人も多いだろう。彼の小説は初期のSFがずっと前にぽつぽつとハヤカワや創元の文庫で紹介されたきり。だが実はその後、彼はアメリカを代表する歴史小説家になっていたのである。ここに紹介した作品はゴールドラッシュ以後のカリフォルニアを描いた大河小説（未訳）。朗読者のダイサルトは、TVシリーズ『LAロー七人の弁護士』（傑作！）に出てくるマッケンジーおじさんである。ジェイクス作品の翻訳熱望の意味も込めて、ここに紹介する。

最後に『The Silence of the Lambs』（原作トマス・ハリス、朗読キャシー・ベイツ）。日本でも異常心理ものを大流行させたこの『羊たちの沈黙』は、あまり知られていないがアメリカホラー作家協会が選ぶ「ブラム・ストーカー賞」を受賞している。ここではジョディ・フォスターではなくキャシー・ベイツが朗読！　映画『ミザリー』での鬼気迫る演技を思い出しながら聴くと怖さも倍増するだろう。

なお、テープの聴き方について。朗読時間はおよそ三時間程度なので、内容は若干縮約されている。はじめは翻訳で小説を読み、物語のあらすじをつかんでからテープを聴くのがいいだろう。そして通勤、通学の途中にBGM感覚で何回も聴く。すると、最初は全然聞き取れなくても、次第にどの場面をしゃべっているのかわかってくる。そうすればしめたもの。それからひとつ注意。外国のテープはすぐに伸びてしまうので、国産テープにダビングしてから使用すること！

（The Sneaker 1995・10）

記憶の中の緑

状況はよく思い出せないのに、なぜかそのとき見たなんでもない光景が記憶に残って消えないということがある。私の場合、それは列車の窓から見た緑の枝葉である。

小学校二、三年のころだったと思う。私は父と一緒に鈍行列車《どんこうれっしゃ》に乗っていた。いま考えると田舎の祖父母のところへ行く途中だったのではないだろうか。普段は父の運転する車で行くのだが、そのときは電車を選んだようだ。たぶんその日は夏休みの最中で、しかもかなり暑かったような気がする。

ごとんごとんと音を立ててのんびりと列車は進んでいた。特にすることもないので私は窓の外の景色を眺めていた。田圃やゆるやかな山の尾根が続いており、時々狭い道をゆっくりと車が走っているのが見えるくらいで、すべてがぼんやりとして不思議なほど現実感がなかった。線路脇に雑草や木々が生い繁っている場所もあり、列車がそういうところに差しかかると鮮やかな緑葉が太陽に照らされながら窓のすぐ外を流れていった。私の記憶に残っているのはこの緑なのである。その他はなぜか白いフィルターがかかっている。比喩ではなく本当にそう思い出されるのだ。列車の中も駅のホームもまるで映画の回想シーンのように白っぽく、ただ窓から見た緑の木々だけが生き生きと輝いている。

じきに私と父は目的の駅についた。そのとき父が奇妙なことをいったのである。もう一度いまの列車に乗りたくないかと。線路が輪を描いているのか、同じところをぐるりと一回りしてこれるらしい。私はそれに賛成し、再び列車の窓から緑の田園風景を眺めた。

未だにこれがどういうことなのかわからない。後になって父に訊《き》いてもそんな事実はないという。確かによく考えてみれば同じ列車に二度も乗るというのはおかしな話である。恐らく夢を見たのか、あるいは幾つかの出来事を混同しているのだろう。だがそれでもいいのだ。私の記憶の中にあるのだから。

（Ｓｎｅａｋｅｒ　Ｓｔｒｅｅｔ　Ｔｈｅａｔｅｒ　１９９６・２）

今こそディーン・クーンツに注目せよ！

今、ディーン・クーンツが変わりつつある。ある方向へ向かって確実に動きつづけている。とてつもない作家へと化けそうな予感がある。これは決して私がクーンツ贔屓《ひいき》だからいうのではない。ここ数年の作品を読んで、強くそう感じるのである。だが、残念なことに現在の日本ではそれを指摘する者がいない。それどころか、いまだに「どの作品も似たりよったりの娯楽派ホラー作家」という初期のイメージが横行しているのだ。昨年マキャモンが大ブレークしたのに比べ、我がクーンツの評判は落ちるばかり。まあ『ウィンター・ムーン』なんていう愚作が翻訳されてしまってはそれも仕方がないという気もするのだが、クーンツ愛読者としてこの現状は何とも悔しいのである。しかし、師匠の名誉を挽回するのは弟子の務めだ（いつから弟子入りしたんだって？　まあいいじゃありませんか）。そこでこの文章では、今まであまり真面目に語られなかったクーンツのテーマや作風について簡単に論じ、クーンツがどのように変わりつつあるのかを記すことにしよう。

まず、テーマである。娯楽作家のレッテルを貼られたためか、評論で彼のテーマ自体が云々されたことはほとんどないのだが、自著『ベストセラー小説の書き方』でもしつこく説いているように、実はクーンツはテーマを重んじるタイプである。ただし、作品ごとにテーマを変えるというわけではなく、本質的には常に同じことを主張している。ではクーンツのテーマは何かというと、それはふたつしかない。すなわち、その一、愛は勝つ。その二、人生には目的がある。これだけである。『Cold Fire』を読むとそれがよく分かる。Purpose（目的）のひと言で幕を閉じるこの長編を、キングの『霧』（希望《ホープ》、という言葉で締めくくられる）と比較するならば、クーンツは目的の作家、キングは希望の作家といえるかもしれない。しかしそれはともかく、クーンツはただお気楽にこれらふたつの命題を信じているわけではなさそうだ。クーンツが少年時代を貧困と父親の暴力に怯えながら過ごしたことはよく知られているが、おそらくその頃から、最後に愛が勝つのだ、人生には目的があるのだから生きつづけなければならない。そう信じでもしなければ、この世の恐怖に打ち勝ってゆけない、そう思うようになったのだと私は推察している。クーンツは繰り返しこれらのテーマを書くことによって、自分自身を今でも鼓舞《こぶ》しつづけているのだろう。

ただ強調しておきたいのは、このふたつのテーマがはっきりと読み取れるようになったのは87年の『トワイライト・アイズ』からだということである。その意味で『トワイライト・アイズ』は重要なのだが、詳しい考察は別の機会に譲るとして、とにかくこの年を境にクーンツはストレートなジャンルフィクションを書かなくなった（同年の『戦慄のシャドウファイア』が最後のジャンルホラーとなる）。特に89年『ミッドナイト』でベストセラー第一位の座を獲得して以来それが顕著になってくる。物語を単純化し、テーマや理想を前面に押し出しはじめるのだ。しかし個人的な感想を率直に述べれば、90年以後の作品はどこか空回りしていた。社会的な問題を材に採り、より深くて大きな恐怖を描こうとする意図は分かるのだが、完全に題材を昇華しきれていない憾《うら》みがあった。

ただし92年の『ハイダウェイ』には光明が見て取れた。この作品、日本では全く話題にならなかったが私は評価している。ストーリーを簡潔に、そしてテーマを力強く、というクーンツの意図がそれなりに成功しているからだ。私事だが第1回日本ホラー小説大賞に『嗤笑《ししよう》のミューズ』という作品で応募し(結局は落選)、続いて『パラサイト・イヴ』を書きはじめるまでの間に、この『ハイダウェイ』を読んだのである。今にしてみると『パラサイト・イヴ』は、無意識のうちに『ハイダウェイ』の影響を受けていたことが分かる。

話が逸《そ》れたが、クーンツは前述したような試行錯誤の期間を経た後、ついに93年『Mr. Murder』という傑作を発表する。クーンツ自身『ウォッチャーズ』に次いで好きな作品というだけあって、これまでのキャリアの中でも最高の部類に入る作品だと私は思う。クーンツの変化が良いほうに転がりはじめたのだ(ちなみに私は『Mr. Murder』を年末ミステリーランキングでベスト3に入選させる会会長である。いや、冗談ですけど)。

その後クーンツは長編『Dark Rivers of the Heart』を、さらに四半世紀ぶりに2冊目の短編集『Strange Highways』を出した。そして今年一月、新作長編『Intensity』を刊行した。

この新作を、私はまだ読んでいない。だが、傑作であるという予感がしている。あらすじを読み、扉のページをめくっただけで、ぞくぞくと期待の震えが湧き起こってくるのだ。26歳の女性が主人公である。彼女は幼少期の心的外傷を引きずっている。現在彼女は唯一心を許せる女性の家で週末を過ごしている。そこへある日、ひとりの殺人鬼が侵入してくる。彼は「激しさ《インテンシティ》」のみを求める男だった……。突然の危機に見舞われた女性の24時間を描いているらしいこの新作は、いつものクーンツのようにトラウマを安易に用いたありきたりのサイコサスペンスであるかに見える。だが、決してそれだけではないことがはっきりと分かるのだ。なぜか？　それは、次のような献辞が掲げられているからだ。

This book is for Florence Koontz. My mother. Long lost. My guardian.

作家仲間でもない、最愛の妻ガータでもない、そう、少年時代のクーンツを護《まも》ってくれた母親に、この作品は捧げられている。それほどの想いと覚悟が込められた作品なのである。傑作でないはずがない。

ディーン・クーンツ。彼は変わりつつある。

全読者よ、今こそ彼に注目せよ。

（BRUTUS　1996・5）

『パラサイト・イヴ』映画化によせて

いよいよ映画『パラサイト・イヴ』が公開される。

自分の書いたものが映画になるから、という単純な理由はともかく、小説を書いている者として、そしてひとりのホラー／エンターテインメントのファンとして、今回の映画化は本当に嬉しく思っている。

もともとホラーというものは小説と映画が互いに影響を及ぼし合うことによって発展を遂げてきたジャンルである。映画の製作スタッフは小説を読んで映像を考え、それをフィルムにする。その中で用いられた演出効果やSFXを、今度は作家が見て新たな表現の糧《かて》とし、次の小説を書く。映画スタッフはそれに影響を受け、さらに斬新《ざんしん》な映像を創り出す。ホラーという分野はこのような循環がうまく機能しており、創作する側にとっても鑑賞する側にとっても良い環境がつくられている。事実、よく指摘されることだが、私が書いた小説版の『パラサイト・イヴ』もアメリカのホラー／SF映画から強い影響を受けている。特に後半は、意図してやった部分も含めて映画的な盛り上げ方をかなり採用した。

そのような循環の中で書いた私の小説が映画化されるのである。今度は私が映画からアイデアをいただく番だ。小説を書く者として期待しているといったのはこのようなわけである。しかも今回の映画スタッフは、監督の落合正幸さんや主演の三上博史さんをはじめ、一流の仕事をしてこられた方ばかりだ。実際、今回の映画では幾つかの難しいシーンを見事に映像として表現して下さった。それらの映像は単に小説の映像化ではなく、確実に新たなものとして表現されている。基本的には非常にファンタスティックでありながら、しかし観るものを圧倒させる密度と力強さがある。私にとって、それらのシーンを観ることはわくわくするような体験であった。観客の皆様にもきっと映像の素晴らしさは伝わることと思う。本当に原作者冥利《みょうり》に尽きるというものである。

ただ、先程からホラーという単語を連発しているが、私は『パラサイト・イヴ』を恐怖のために書いたわけではない。私が常に考えていたのは「共生」という単語であった。人間同士の共生、人間と自然との共生、そしてさらには細胞レベルでの共生、そういった関係が私たちの生命や意識、生活の根幹を支配しているのではないかと考えた。従ってこの物語では、まさに共生・寄生の関係とそこからの逸脱が、恋愛感情や恐怖を引き起こす原因になっている。ミトコンドリアとは全ての共生関係のシンボルなのだ。ウイルスなどを題材にしたものとは違って、恐怖と同程度に恋愛を重視しているのはこのためである。まあ、もちろんそんな堅苦しいことは映画を観終えてから考えていただければいい。映画ではこの恋愛という要素を拡大し、小説版とはまた違った表現になっている。是非、恋愛映画としての側面も楽しんでいただきたい。

映画「パラサイト・イヴ」パンフレット

冒頭で私は、ひとりのホラー／エンターテインメントファンとしても今回の映画化に期待していると書いた。それはこの映画がきっかけとなって、日本でも良質のエンターテインメント映画がこれまで以上に製作されるようになって欲しいと考えているからだ。観客の皆様に楽しんでいただき、ホラーの循環がさらに良くなって発展・進化の方向に向かってくれれば、私もこれに勝る喜びはない。

なお、最後になったが申し添えておきたいことがある。今回の映画化にあたって、生化学的なアドバイスを香川靖雄先生並びに太田成男先生からいただいた。両先生とも第一線で活躍されておられる著名な研究者だ。ただし、映画の中では演出上の効果を優先したため、あえて実際の研究や手術方法とは異なった描写をしている部分もある。そのことをどうかご了承願いたい。この映画は純粋にフィクションとして、エンターテインメントとして観ていただきたい、ということだ。

さあ、それではいよいよ開幕である。

（映画『パラサイト・イヴ』パンフレット　1997・2）

校庭の火の鳥

私の通っていた高校には、「仮装大会」という面白い行事があった。仮装といっても、単なる仮装行列ではない。学園祭のハイライトとしておこなわれる、クラス対抗の競技である。各クラスが一定の予算内で舞台装置と小道具、衣装をつくり、それを皆の前で披露するのだ。音楽に合わせてダンスを踊り、演技し、装置を作動させる。どれほど観客を魅了できるかで勝敗が決まる。仮装ではなく、ショーといったほうが適切かもしれない。

私はこの仮装大会が好きだった。あまり積極的な性格ではなかったのだが、このときばかりは楽しくやることができた。もっとも、私の役割は踊ることではなく、舞台装置の作成と出し物のコンセプト作りであった。昔から絵を描くのが好きで、しかも物語を考えることが好きだったのである。大会の約一ヵ月前になると、校内の空きスペースが各クラスに均等に振り分けられる。生徒たちはそこへ木材や段ボールなどを運び込み、工作を始める。私も毎朝そこへ行き、カナヅチと絵筆を持って書き割りを作った。

学園祭の最終日、夕方になると、見物客たちが校庭に集まってくる。近所の住民や、他校の生徒も多い。もちろん、仮装大会を観るためである。校庭の手前に審査員席が設置される。そしていよいよ、一年一組から出し物が披露される。当然のことだが一年生の出し物は凡庸《ぼんよう》だ。仮装大会がどのようなものなのか知らないのだから仕方がない。二年生になると少しは見せ方がわかってくる。仕掛けも凝ったものを出してくる。そしてプログラムが進み、あたりは暗くなってくる。校庭に照明が灯《とも》る。ここで三年生は切り札を手に入れることになる。火が使えるのだ。

確か、私が二年生のときだったと思う。三年のあるクラスが火を効果的に使い、素晴らしい出し物を見せてくれた。巨鳥の張りぼてを作り、最後になってそれに火をつけたのである。夜空に浮かび上がった火の鳥の姿は、幻想的で美しかった。

あんな美しい仮装をやりたいと思い、三年になったとき、舞台装置のアイデアをいろいろと提出した。最終的には、和紙を使った日本的な舞台を作ることになった。私はクラスの友人と一緒に大量の和紙を染め、大会当日の朝までかかってそれを大きなパネルにセットした。演技の途中でこの和紙を剝《は》がし、後ろに隠していた別の絵を見せる、という趣向だった。ところが大会の進行中、予想していないことが起こった。雨が降ってきてしまったのである。もちろん和紙は使いものにならなくなった。私たちだけでなく、火を使うことになっていた他のクラスも、慌ててアイデアを変更することとなった。結局、私たちのクラスは高得点を上げることができなかった。

私が卒業した後、仮装大会は廃止された。カナヅチの音が早朝から響くので、周囲の住民に迷惑がかかるとのことであった。あの火の鳥のような出し物がもう観られないと思うと少し残念である。

（キャリアガイダンス　1997・4）

胸に残った三つの励まし

高橋克彦さんと初めて正式にお会いしたのは、九五年の四月におこなわれた日本ホラー小説大賞の授賞式です。正式に、とおかしな言葉使いをしたのは、皆様もよくご存じのように、選考会の前日、「夢の中」で一度お会いしているからです（高橋克彦『黄昏綺譚』参照）。

以来、高橋さんには、お会いする度に貴重なアドバイスや励ましをいただいています。この稿では、その中でも特に心に残った三つのエピソードについて記したいと思います。

まず、前述した「夢の中」です。私はその前年、『嗤笑のミューズ』という作品で第一回の日本ホラー小説大賞に応募し、最終選考のひとつ手前で落選していました。悔しかった私は続いて『パラサイト・イヴ』を書き上げ、こちらは最終選考に残ったのです。

すでにこの時点で私は満足していました。なにしろ高橋さんや荒俣宏さんといったホラーの巨星が自分の小説を読んでくれるわけです。結果がどうなろうと、目的は達成したと思っていました。しかし不思議なもので、選考会の前日から急に不安になり、緊張のためかその夜はなかなか寝つけなかったのです。そのときの夢に出てきたのが高橋さんでした。高橋さんはまるで、案ずることはない、きっと良いことがあるから気を楽にして待っていなさい、とでもいうように微笑んでくださったのです。起きたときは変だなあと思う程度でしたが、結局、このおかげで気分が楽になったのでしょう、選考当日はそれほど緊張することもなく結果を待つことができました。

受賞が決まったその翌日、私の担当編集者になった菊池さんが興奮した感じでFAXを送ってきたのです。なんと、高橋さんの選評でした。選考会が終わってすぐに書いて下さったのです。

この選評を一読して、私は感激のあまり泣きました。熱く心のこもったその文章は、私の身に余るほどでした。

このとき私は、高橋さんの期待を決して裏切らないようにしよう、これからも頑張ってよい作品を書いてゆこう、と決心したのです。

その後、高橋さんとは何度かお会いする機会を得ました。パーティの後に食事をご一緒させていただいたり、ツアーにも参加させていただきました。

そして昨年末、『書斎からの空飛ぶ円盤』の文庫化にあわせた対談の企画で盛岡に伺《うかが》いました。ホテルで対談を終え、講談社の編集の方や脚本家の道又力さんと共に食事をしていたときのことです。

高橋さんが、

「瀬名くんは角川書店と専属契約でもしているの」

と訊いてこられました。

私はいまのところ、角川書店以外の出版社には住所を公表していません。エッセイの依頼やインタビューは受けていますが、小説の依頼はいただかないことにしています。受賞当時私が大学院生だったということもあり、自分の時間が取れるようにと角川書店の編集部が配慮して下さったのです。もちろん専属契約をしているわけではなく、いずれ他社でも書きたいとは思っています。

高橋さんがこんなことを訊いてこられたのは、私が次作長編の執筆に手間取っていることを懸念されたからでしょう。当時の私は研究生という肩書きでしたが、ある理由があって大学には行っておらず、家にこもってひたすら次作長編の原稿を書いていました。しかしそれでもようやく半分書けた程度、しかもそれを大幅に直している、といった状態でした。おそらく高橋さんは、私が精神的に若干不安定になっていることを見抜かれたのです。

「出版社にはいろいろな編集者がいる。出版社によってもカラーが違う。いろいろな編集者と付き合い、話をすることがいまの瀬名くんには必要なんだ。新人のときに会った編集者が、作家にとって一生の財産になる」といった趣旨のことを、真剣な口調でアドバイスして下さいました。

付け加えておきますが、私は決して住所非公開の状況に不満を持っているわけではありません。特に担当の菊池さんにはいつも本当によくしてもらっています。しかし当時、あまりにも人と接していないため内にこもってしまっていたことは事実で、書評や人間関係に過敏になり、意味のない不安を感じていたのです。高橋さんから親身な言葉をかけていただいたことによって、かなり気持ちが楽になったことを覚えています。

そしてもうひとつ。つい先日のことです。

第四回の日本ホラー小説大賞の授賞式が東京で執《と》りおこなわれました。私がデビューしてから二年が経ってしまったわけです。式が始まる前、私は選考委員の方々に挨拶しようと控え室に行きました。すでにそこには高橋さんをはじめ、景山民夫さんや林真理子さんが座っていらっしゃいました。私は二年前を思い出し、緊張しながら奥の席に座りました。少し経って、角川書店の編集者の方が、会話を盛り上げようと私に話題を振り、

「瀬名さんは二年前よりいい顔になったね、成長したんだろうね」

というようなことを話しました。すると高橋さんは笑いながら、

「瀬名くんは小説を書かないからね。作家は書いているときは成長しないよ」

とおっしゃったのです。

その場では
なんと答えていいかわかりませんでした。

「いや、高橋さん、もう少しで第二作が上がりますから」

と弁明したのですが、その夜ホテルに帰ってから、高橋さんの言葉がじわじわと胸に沁みてきました。

高橋さんの作品が、どれも無類に面白いことは誰もがよく知っています。しかしそれ以上に驚異的なのは、月に何本もの連載を抱え、テレビ出演をこなされ、しかもファンとの交流を大事に

しているという事実なのです。それほど多忙な高橋さんが傑作を次から次へと発表されているのです。

私がなかなか長編第二作を刊行しないことに、高橋さんは苛立《いらだ》ちを感じていらっしゃったのかもしれません。「瀬名くんは小説を書かないから」という言葉の奥に、私は高橋さんの熱い檄《げき》を聞いたような気がしました。俺がこれだけやっているのに、若いおまえはどうした、と叱咤《しった》されたわけです。

小説の新人賞の中には、賞を与えておしまい、あとは何のフォローもなし、といったものもあると聞きます。それを考えると私は本当に幸せ者です。なにしろ受賞した後も、選考して下さった方から真摯《しんし》なアドバイスと激励をいただいているのですから。私にできることは、少しでもよい作品をはやく出版すること、そしてこれからも出版し続けることだと思います。

これを書いている現在、第二作『BRAIN VALLEY』の原稿はようやくあと一〇〇枚となりました。年内には出版できそうです。書き始めてから二年が過ぎてしまいましたが、内容は『パラサイト・イヴ』を超えるものになっていると自負しています。

見本刷りができましたら、心からの感謝とお礼を込めて、真っ先に高橋さんにお送りします。

高橋さん、そしてファンクラブの皆様、どうかもうしばらくお待ち下さい。

（高橋克彦ファンクラブ会報「キリカミアキラ」56号　1997・7）

「21世紀少年」のための科学

浦沢直樹のマンガ『20世紀少年』が面白い。「本格科学冒険漫画」と銘打たれたこのエンターテインメントを読んでいるうち、「物語」と「科学」の関係について連想が及んだ。

主人公のケンヂは、おそらく一九六〇年生まれの作者と同年齢。小学生のころにアポロ11号月面着陸の生中継を見て興奮し、「少年マガジン」の地球滅亡特集に怯《おび》え、興奮した世代である。当時のケンヂたちの夢は「悪者から地球を守ること」だった。空き地に友達と「ひみつ基地」をつくり、仲間内のマークもつくった。その後ケンヂやその仲間たちは成長し、時代は20世紀末になる。ケンヂは酒屋の店員として冴《さ》えない生活を送り、当然のように昔のことなど忘れていた。ところが、かつてひみつ基地のメンバーたちと考えたマークが、ある宗教団体によって使用されていることを知る。しかもその団体は、当時ケンヂたちが考えた「悪者の地球滅亡のシナリオ」通りに世界を混乱に陥れようとしていたのだ。仲間を殺されたケンヂは、一介の市民でありながら、「世界を救う」ために戦いを始めなければならなくなる。

宗教団体が用いる科学技術は、原子力によって動く巨大ロボットや、致死性の高いウイルスである。このあたりはオウム真理教事件の痛烈なパロディだろう。ケンヂたちが小学生だった一九六〇年代後半は、科学が輝きに満ち、多くの人が未来に希望を感じていた時代だと思う。その眩《まぶ》しさを一身に受けた彼らが大人になったいま、科学は必ずしも明るい未来の象徴ではなくなってしまった。では彼らはいま、いかに行動すべきなのか。このマンガでは、ふたつの時代の対比が実に見事に描かれている。

私自身は一九六八年生まれなので、作者の浦沢直樹とは年齢的に少し隔たりがある。一九六九年のアポロ月面着陸も、リアルタイムでは記憶にない。生命倫理や原発問題など、常に科学が諸《もろ》刃《は》の剣であることを教えられてきた世代でもある。従って『20世紀少年』は浦沢直樹の世代でなければリアルに描けない物語だ。浦沢の世代はSF作家が極端に多く輩出していることで知られている。

だが興味深いのは、彼らの間でもSFに対する考え方に微妙な違いがあることだ。かつてのSFの文法にこだわり、それを現代風にアレンジしようとする者も多い一方で、浦沢は「世の中のSFに対する概念が変わってきたんだと思うんです。皮肉なもんですけど、今、いわゆるSFをやっていこうとすると、SFでないものになっちゃう」と発言している。この視点こそが『20世紀少年』の本質だと私は思うのだが、また同時に、これがいまの「科学」と「物語」の特徴をうまくいい表わしているようにも感じるのだ。乱暴ないいかたをしてしまえば、かつてのSFは未知の世界に自分が飛び込んでゆく物語だった。だがいま科学を描こうとすると、焦点を「自分」に合わせなければならない。自分の生き方や存在意義、つまり自己のアイデンティティを知るために、科学のほうを引き寄せてくるのである。

この方法論は、文筆業になったいまの私にしっくりくる。私はまず細胞生物学の研究室で学んだのだが、当時は受容体や情報伝達物質、酵素などの遺伝子解析が本格化し始めた時期だった。絞り込んだテーマをどんどん調べてゆくのは面白かったが、没頭しすぎて他分野になかなか目を向けられなかった。手っ取り早く勉強したいと思っても、ブルーバックスや一般向けの科学雑誌、あるいは日本語の総説記事を研究室で読むのは恥ずかしい気がした。他分野の成果からアイデアを得て、自分のテーマに生かし、研究を広げてゆくという発想自体が欠落していたのである。

科学に関する小説を書くようになってから、これが問題であることをようやく痛感した。『パラサイト・イヴ』という長編では、当時研究室で扱っていたミトコンドリアを中心に据え、そこから細胞生物学や人類進化学、さらには臓器移植の問題へと連想を広げてゆき、物語を作ろうとした。小説を書くためには自分の興味に沿って科学の各分野をオーガナイズし、手元に引き寄せてくる必要があった。ところがそこで初めて、自分は他分野の論文の読み方を知らないばかりか、どのようにそれらの資料を探せばいいのか、誰に教えを請えばいいのかさえ知らないことに気づいたのだ。これはつまり、「専門性」と「総合力」をいかに自分の中でリンクさせるか、という課題である。今後、自分が補強していかなければならないのはこの能力だと感じた。

私はその後、看護学部に移った。最初は漠然と、「看護」とは広範な専門性を基盤とした実践知が求められる総合科学なのだと思い込んでいた。ところが看護学の研究者たちの間では、まず己の専門分野の確立が第一で、とても専門と総合のリンクなどという問題意識に気を配る余裕がないように見受けられた。こちらがまだ若いこともあったが、自分の研究領域が同学部の研究者から「看護に関係ない」ものとして切り捨てられてゆくのには、かなりのショックを受けたものだ。私が最終的に文筆業を選んだのは、リンクする科学をやるにはいまのところ小説しかないと感じたからでもある。

物語を構築する際の唯一の目標は「面白い」ものにすることだが、そのためにはさまざまな方法がある。ひとつのことを深く掘り下げる場合もあれば、複数のものを組み合わせ、新しい見方を提示する場合もあるだろう。そして面白いとは、自分が興味を持っていることに刺激が加わることだ。多くの人が興味を持つものほど、テーマとしては普遍性を持つ。公約数的な興味とはおそらく「自己」に関わるものだ。ここから生命や宇宙の誕生、意識や知能、進化や歴史、生老病死、生活の質の向上、などといったテーマが出てくる。

こういった巨大な命題に切り込むために、おそらくこれまでの科学は問題を極力細分化し、多人数で分担するという方法論を採用してきたのだと思う。それが近代科学を身軽にしてきた事実もある。だが今後、科学は巨大な命題を総合的に扱わなければならなくなるはずであり、現にそうなりつつある。専門的なバックグラウンドから普遍的なテーマを見出《みいだ》し、それを解明するためにさまざまな他の専門性をリンクさせ、オーガナイズさせる。その能力が「科学」そのものなのではないか。情報通信網の発達によって、ようやくその能力を個々人が発揮できる時代が到来しつつあるように思うのだ。

もちろんこのような問題意識は、まず思いきり専門にこだわって、深いところまで潜ってみないと現れないだろう。専門的な科学教育は今後も続ける必要がある。だが専門の渓谷で息苦しさを覚えたとき、いつでも上昇して世界を俯瞰《ふかん》できる気球や、隣の谷間へ連絡できる無線に手が届く——そんな環境が整っていればどんなに助かることだろう。あとはそれぞれの研究者が心にもつエンジンを稼働させればよい。そしてそのエンジンを温める豊かな燃料とは、ひょっとすると「物語」かもしれないと、作家になったいまの私は思う。

かつては小松左京のように、むしろ文学の素養を持った作家が、オーガナイズする能力を武器に科学を描いていた。だがそろそろ科学の側が小松左京の代わりとなり、「物語」で「科学」を構築する手法を体系化してゆくべきなのだと思う。そのためにはまず、「関係ない」からといって切り捨てることを科学者自身が止めなければならない。

20世紀後半は、科学が少年少女たちに物語の力を与えてきた。その洗礼を受けた世代が、いま『20世紀少年』を描いている。私は落ちこぼれてしまったが、今後は科学者からケンジのようなヒーローが何人も出てくるに違いない。

これから私たちは、21世紀の少年少女たちに、新しい物語の力を与えてゆくことになる。とりあえず私は彼らのために、物語の科学を書き続けていきたいと思う。

（科学　２００１・４／５合併号）

本の扉を見つけるために

江戸川乱歩やシャーロック・ホームズが大好きだった僕にとって、読書というのはたいてい小説を読むことだった。小学生の頃、週末になるとバスに乗って市立図書館まで出掛け、子供向けのミステリや怪奇小説の棚を片端から制覇していった。図書館は城跡のお堀の近くに建っていて、春になると道路沿いに桜が咲き、古ぼけた館内は気持ちがよかった。その頃の貸出本はすべて表紙裏のポケットにカードが差し込まれていて、返却の日付がそこにゴム印で押されるようになっていた。当時の僕はその日付の列を眺めながら、二年前にこの本を読んだのは誰だったんだろう、とか、ここで何回も連続して借りている人は忙しかったのかな、などといろいろな空想に耽ったものだ。休館日のときは玄関の大きな扉の前に金属製のポストが置かれていて、ここに読み終えた本を落とすとき、ごっとん、と鈍《にぶ》い音がした。面白かった本がポストの中でおかしな具合にねじ曲がっているんじゃないかと、僕は毎回心配していた。

だが、ごっとんという音と同じくらい記憶に残っているのは、星座早見表を片手に見た夏の夜空であり、自宅の脇の沢で捕まえたザリガニの感触であり、ラジコン工作のときのハンダごてのずっしりとした重さだ。あの頃、確かに本は別の面白さとどこかでつながり、楽しさを共有していた。それなのに中学や高校に入ってから、読書のスタイルが少しずつ変わっていってしまったのである。面白い本を探しているつもりでも、読み慣れないジャンルの本は無意識のうちに避けていた。授業も本の世界とは限りなく遠く離れているように思えた。ただよく思い返してみると、その頃の自分は読書だけでなく、ほかの趣味でさえひどく保守的になって、新しい楽しさや面白さをむりやり脇へ押しやっていたのだ。興味がすべてぽつぽつと点になって、互いに離れてしまったのである。目先の受験で手一杯だったのかもしれない。本の面白さは本だけで孤立しているのではないと気づいたのは、ようやく大学に入ってからのことだ。

だから夏に本を読むという行為は、あの夏休みに還《かえ》るようなものだと思う。陽射しが眩《まぶ》しくなると、とりあえずそれまでのしがらみをリセットして、自分の好きなことをしたくなる。いま身近に感じている面白さを深めるために、あるいは密林に分け入る興奮を求めて、新しい本を手に取りたくなる。多くの人が「本は未知の世界への扉だ」という。だが扉のこちら側でまず楽しまなければ、扉だって開いてくれない。扉の在処さえ見つけられない。本は自分を動かす豊かな触《しょく》媒《ばい》だが、その触媒を見つけるためには、まず自分自身の興味が重要なのだ。

次の一冊を楽しくするために、いまこの瞬間の読書を楽しいものにしたいと思う。そんな一冊を求めて、僕は二一世紀になっても読書を続けている。そして自分でもそういった扉のような本を、いつも書きたいと願うのだ。

（ハヤカワ文庫夏のブックパーティ　2001・7）

小説家魂を刺激する脚本家

この監督だから、あの俳優が出ているから映画を観に行くという人はいても、あの脚本家だから映画館に足を運ぼうと思う人は少ないだろう。だが私にとってウィリアム・ゴールドマンはただひとりのそんな脚本家だ。

ゴールドマンの名前は、アメリカ本国ではかなり知られている。『ミザリー』のアメリカ版ポスターでは、雪の山荘を俯瞰したその絵柄の上部に、三人の名前が大きく記されていた。ひとりは監督のロブ・ライナー。当時『スタンド・バイ・ミー』や『恋人たちの予感』で波に乗っていた。続いて原作者のスティーヴン・キング。三人目の席は主役のジェームズ・カーンでもキャシー・ベイツでもなかった。脚本を手がけたゴールドマンである。この扱いだけでも彼の地位がわかるだろう。

ゴールドマンは『明日に向って撃て！』と『大統領の陰謀』で二度アカデミー脚本賞を受賞している。だが、もともと彼は舞台作家であり小説家であった。戦争ものからSFホラーまで題材は多岐にわたっているが、どれもプロットがひねくれていて一筋縄ではいかない。彼の小説の映画化作品に『マラソン　マン』や『マジック』『プリンセス・ブライド・ストーリー』がある。構成が恐ろしくかっちりしているので逆に無難な印象を与えがちだが、やっていることはかなりかっとんでいて、凡庸な監督だと簡単に弾《はじ》かれてしまう。『プリンセス・ブライド・ストーリー』など技巧の極みで、お爺さんが孫に古いおとぎ話を読んで聞かせるという構成なのだが、子供はしきりに茶々を入れ、お爺さんのほうはそれを先回りして話の筋をしゃべってしまう。メタフィクションなのに面白いという奇蹟のような作品である。

この系列に『マーヴェリック』を置くと、ゴールドマンのひねくれぶりがわかるだろう。この映画は昔のテレビドラマのリメイク作品だが、観客は誰も懐かしさなど感じないのではないか。西部を舞台に賭博師マーヴェリックがやり手の美人詐欺師や保安官と旅をし、最後に大きなポーカーの大会に出場するのだが、常に誰かが誰かを（そしてときには私たち観客を）欺いている状態なので、およそスクリーン中の人物たちに感情移入できない。気を許せないのだ。だからこそ笑える。クライマックス以後のどんでん返しの連続には開いた口が塞がらないが、これこそ脚本家ゴールドマンの真骨頂なのである。

最近は他人の小説の脚色が多くなってきたゴールドマンだが、もう一度『マーヴェリック』のような粋な物語を書いてほしい。なぜか彼の物語は小説家魂を刺激する。物語の強さを感じる瞬間だ。

（エスクァイア　2002・3）

渡り鴨とインフルエンザウイルス

今年二月、父と一緒に中国雲南省へ行って来た。中国科学院昆明《クンミン》動物研究所に勤めている鳥類学者のヤンさんと田舎道をバンで踏破し、渡り鳥がやって来るという湖をいくつも回って、周辺の農村の人たちにインタビュー。移動距離は四五〇kmだが、全体的にはなかなかのハードスケジュールだ。

私の父はインフルエンザウイルスの研究者である。めまぐるしい変異で私たちを悩ませるインフルエンザだが、実はどのようにして新奇の型が生まれるのか未だによくわかっていない。近年注目されている仮説は、ヒトとトリとブタが共存する中で互いにウイルスを感染し合い、その過程でウイルスがカクテルされ、遺伝子組み換えが起こるというものだ。

インフルエンザはもともとトリが腸内に持つウイルスで、宿主であるトリは発症しないが、何かの拍子に他の動物へ感染すると重篤《じゅうとく》な症状を引き起こす。中国には毎年シベリアから多数の渡り鳥がやってくる。第一次大戦中に全世界で二千万人を殺したといわれるA型H1N1タイプのインフルエンザ、通称スペインかぜも、中国雲南省が発祥の地といわれているのだ。インフルエンザの謎を解く鍵は中国の渡り鳥にあるかもしれない。

昆明を早朝に出発し、棚田が広がる山並みをいくつも抜けて南下する。雲南省は長江文明を支えた少数民族が住む地域だ。途中、小さな集落に立ち寄り、迷路のような彼らの居住区を見せてもらった。鶏はたくさんうろついているが、ブタと地鴨は別々に飼育されているという。となると、両者の糞が混じり合う環境はどこにあるのだろうか。

しかし一日目の最後に行った長橋海《チュンキャオハイ》（面積一〇㎢、平均水深一・三m）で、まさに思い描いていた光景に出くわした。湖畔に佇《たたず》む古い農家の庭先で、飼育されているブタと鶏と鴨が一緒に餌を食べていたのだ。

地鴨の群れは満腹になると仲良く庭先の湖畔や小川を泳ぐ。夕暮れの空は刻々と紫色に染まってゆき、まるでミレーの絵のように懐かしい風景だった。その家の青年に話を聞いてみたところ、ブタはよくインフルエンザに罹《かか》るという。飼っている鴨もよく渡り鳥と並んで泳いでいるらしい。

翌日には杞麓湖《キールーフー》（面積三五㎢、平均水深四m）で地鴨とヨシガモが一緒に泳いでいるところを発見した。ヤンさんが双眼鏡で熱心に観察しながら、地鴨と渡り鴨の違いを教えてくれる。

さらに大屯海《ダートウンハイ》では地鴨と渡り鴨の交流こそなかったものの、アオサギやユリカモメ、コガモを見ることができた。私も父も初めてのバードウォッチングに興奮しつつ、カメラの装備が不充分だったことを悔やむことしきり。生き物が複雑に触れ合う豊かな環境の中で、ウイルスもまた自然の一部として生きているのだと感じた。

いまインフルエンザウイルスの研究者はトリに注目している。過剰な恐怖を煽《あお》るのは本望ではない。ウイルス発生のメカニズムを解明したいのだ。何か情報があればぜひご教示いただけると幸いである。

（野鳥　2003・6）

真夜中にチャイムが

ホラー作家を標榜《ひょうぼう》していながら、どうも昔から怖いことが苦手で仕方がない。子供の頃、サーカスのテントがやって来るというので広場にいったら、脇にいろいろな出店が並んでいて、その中のひとつに蠟《ろう》人形館があった。入口には白雪姫の可愛らしい蠟人形が飾ってあったので安心して入ったのだが、お察しの通り内部は血みどろ地獄絵図のオンパレードである。実録犯罪ものがやたらと多く、しかも時代設定が妙に古い。畳の上で着物姿の男女が包丁を振り回しているわけで、ほとんどカストリ雑誌の世界なのだ。いまにしてみると私の世代でこんなアトラクションを見ることが出来たのはむしろ僥倖《ぎょうこう》というべきかもしれないが、当時はとにかく騙されたという思いしかなく、このとき大人は信用ならないことを初めて学んだ。

　怪談の類もだめで、百物語など絶対に出来そうにない。小学生のとき、友達に楳図かずおの「うばわれた心臓」の話を聞かされて、あまりの怖さに学校で泣き出してしまったこともある。夏になるとテレビで心霊写真特集をするのも厭《いや》だ。何気なくテレビを点けて、いきなり写真のアップが映っていた日には、恐怖新聞を読むより寿命が縮まるというものである。そういえば山田正紀さんが「うしろの一太郎」という短編を書いていたように記憶するが、私はマイクロソフトワードを使用しているので大丈夫であろう。

真夜中過ぎにマンションのエレベータに乗ると、いつも酷い不安に襲われる。私の部屋は十二階にある。他の階を通り過ぎるとき、一瞬貞子《さだこ》の影が見えたらどうするのか。あるいは突然エレベータが止まり、何かが乗り込んできたらどうするのか。ここでなんとか持ち堪えられているのは、幸いにも私がまったく霊感を持っていないからなのである。生きていて一度も怪奇現象に見舞われたことがない。自宅の浴室でシャンプーしているとき、いつもここで後ろから何かの手が触ってきたらどうしようと恐怖に駆られるのだが、正気でいられるのは基本的に鈍感だからかもしれない。

さっぱり真夏の怪談にならず申し訳ない。霊感ではないが、子供の頃によく不思議な幻覚を見た。風邪を引いて高熱を出すと、決まってピラミッドの頂上が目の前に浮かぶのだ。頂上といってもそこは祭壇《さいだん》のようになっており、ぎらぎらと太陽が照りつけている。人の姿はない。私が布団で寝ている横で、よく母がテレビを点け、ナイターの巨人戦を見ていた。そして誰かがヒットを打って、球場がどっと沸《わ》くたび、ピラミッドの頂上でざーっと一斉に砂が踊り出すのである。まるでフライパンの上で豆を煎《い》るように、陽に灼《や》けた砂岩の上で砂が飛び跳ねるのだ。最近は風邪をこじらせて高熱を出すこともなくなってしまったが、いったいあの幻覚は何だったのだろう？

あとは、そうだ、大学生のときのことである。私はアパートの一階に住んでいた。部屋に布団を敷いて寝ていると、不意にチャイムの音がしたのである。私は薄目を開けて頭だけ少し上げ、玄関のほうを見た。確かその時期は夏で、蒸《む》し暑いため私は部屋と玄関先を区切るガラス戸を開けていたのだ。真っ直ぐ足の先に玄関扉が見えた。

こんな夜中に誰だろう、と、たぶんそのとき朦朧《もうろう》とした頭で考えたと思う。天井の照明は豆電球ひとつが点《つ》いているだけで、玄関の辺りは薄暗い。私がぼんやりしているうちに、二度目のチャイムが鳴った。

そのときである。いきなりもの凄い音を立てて扉が開いたのだ。そして両目を大きく見開いた鬼のような形相《ぎょうそう》の浮浪者が、そのまま猛烈な勢いで部屋に駆け込んできた。私めがけて真っ直ぐに迫ってくる。殺気立ったその顔をいまでも忘れることはできない。私は布団に入ったまま絶叫し――。

そこで目が醒めた。

いまでも時折り、玄関の鍵が本当に掛かっているかどうか、酷く気になって仕方がない。

（小説宝石　２００３・８）

愛と段落

実はつい先程まで高橋克彦さんのエッセイ集「玉子魔人」シリーズを読み返していた。この原稿の取っかかりを見つけたいという思いから本棚に手が伸びたのだが、いやあ、これがやっぱり面白く、つい読み耽《ふけ》ってしまう。文庫版では解説役の東野圭吾さんが「変なオッサン」と書いていて、思わず笑ってしまったが、それ以上に「高橋さんは愛の作家なんだなあ」としみじみ感じた。

本をぱらぱらと眺めただけでわかるが、高橋さんのエッセイは極端に段落が少ない。とにかくびっしりと文字が埋《うま》っている。しかし不思議なことに読みにくくはないのだ。これはたぶん、高橋さんがそれらのテーマについて無償の愛を（愛の対象ではなく第三者に対して）ひたすら開示してゆく行為だからだと思う。愛と情熱があるからこそ、与えられたスペースいっぱいに文字が埋まり、しかもそれが読みやすいのだ。特にお好きな芸術作品について語っているときはそれが顕《けん》著《ちょ》で、「玉子魔人」シリーズにあまり掲載されていないが書店で高橋さんの文庫解説に遭遇するといつも胸が熱くなる。以前、私はこんな短評をオンライン書店ｂｋ１《ビーケーワン》のコラムで書いたほどだ。

〈都筑道夫「ちみどろ砂絵」（光文社文庫）の解説について〉

彼（高橋克彦）の解説はいつも愛が迸《はし》り出ていて好きだ。とにかく自分の思いを少しでも読者にわかってもらいたい、一文字でも多く認《したた》めたいとばかりに、前のめりの文章が改行もなしにどんどん続く。『D－ブリッジ・テープ』に寄せた解説などは奇蹟の名作ではないか。ここでは高橋が傾倒する都筑道夫の本をエントリー。なめくじ長屋シリーズの周到な考証ぶりを指摘しているのは、浮世絵研究家でもある高橋の面目躍如。同じく高橋が担当した『危険冒険大犯罪』や『世紀末鬼談』の解説と併せて読みたいところだ。

私が高橋克彦さんと初めてお会いしたのは、たぶん日本ホラー小説大賞の授賞パーティのことである。ずっと趣味で小説を書き続けてきたが、きちんと新人賞に応募しようと思ったのはホラー大賞が創設されてからだ（なぜかミステリーの新人賞には応募する気になれなかった）。とにかく選考委員の顔ぶれが目映《まばゆ》いばかりで、この人たちに自分の小説を読んで貰いたい、と奮起したことを憶えている。その中に高橋克彦さんの名前があった。

一回目の応募では、残念ながら四次予選止まりだった。この回は結局大賞が出ず、佳作が三作選ばれたのみで、「野性時代」誌にはどこか焦燥《しょうそう》に駆られたような選考委員の座談会が掲載された。私はそれを熟読して次作に臨んだ。そこで述べられていることを理解した上で、選考委員が思いつかないタイプのホラーを書かなければならないな、と直観していた。いま振り返って考えれば、どの程度まで各委員の真意を理解していたか怪しいものだが、結果として書き上がった『パラサイト・イヴ』で賞を戴くことができた。私が一番感激した瞬間は、受賞の知らせを受けたときではない。実は初めて選考委員の方々と対面したときでもない。受賞後数日して、編集者から次々とファクスが届き始めた。委員の方々が書かれた選評を送ってくださったのである。荒俣宏さん、林真理子さん、景山民夫さん、そして高橋克彦さん。四者四様の原稿だった。手書きもあればワープロ原稿もあった。初めて私は作家の原稿というものを見た。しかもそこには私のことが記されている。感激して涙が出た。高橋さんの選評は、いま古いファイルに紛れ込んでしまっていて確認できないが、ワープロ原稿の脇に自筆で署名されていたはずだ（編集者宛にファクスする際、名前を記したのだろう）。その自筆が輝かしかった。

その後、ファンクラブのツアーにも何度か参加させていただいたのだが、やっぱり高橋さんの周りには愛が溢れているのだなあと実感する。高橋さんは愛情を押し付けることがない。対価を求めることもなく、決して地位を振りかざしたり、愛を妙な武器に使ったりすることもない。端からこの様子を見ると、飄々《ひょうひょう》としてどこか「変なオッサン」ということになる。しかしかつて大ファンだった歌手や画家とあれだけ親しく付き合いながら純な愛情を発し続け、相手側も高橋さんに純な尊敬の念を返し続けているこの状況は、実に凄いことだと思うのだ。高橋さんはエッセイであがた森魚さんに対し、親しく付き合い始めてから自分はひとりの神を失ったと書いていたが、率直にそう書くこと自体、愛を貫いていることの証拠ではないか。

私にとって、ホラー大賞でお世話になった四名の選考委員は、生涯の先生のようなものである。なかなか先生には追いつけないけれど、ずっと後ろから走り続けていたい。まずは高橋さんに負けないような、愛の籠《こ》もった文庫解説を書くところから……、と何とも低次元をうろうろしている私なのである。

（高橋克彦ファンクラブ会報「キリカミアキラ」20周年記念特別号　２００３・８）

一言が伝えられない

薬学を修了してから、地元に新設された大学の看護学部に三年間勤めた。それまでも看護学校の講義を受け持つことはあったものの、常勤講師として働くのは初めてである。自分にとって専門外の看護学部だが、研究担当分野は以前から親しんでいた基礎生命科学だ。なんとかなるだろう——当初はそう思っていたのだが、実際に就職してみると勝手が違った。

看護系の教員とうまくコミュニケーションが取れないのである。同じく科学を生業としているはずなのに、どうにも話が合わない。研究に対する方法論も違えば、日々の生活習慣や筋の通し方も違う。ほんの五分で終わるはずの会議が数時間かかる。これは文化が異なるのだと気づいたが、だからといってすぐに断絶を越えられるわけではない。相手の文化や価値観に合わせようとして、それがかえって裏目に出た。ふとした行為や発言でよく物事がこじれた。うまく言葉が伝わらない。一年も経たないうちに私は疲弊《ひへい》していた。

疲れていたのは学生も同じだった。三年生になると病院実習が始まる。きついスケジュールの中で、緊張のために心が追い込まれてしまう学生も多かったと思う。疲労が慢性化すると学生たちは諦観を受け入れ、とにかく波風立てずに早く卒業したいと守りに入ってゆく。それを端から見るのが辛いのだ。

何度か相談を持ちかけられた。だが圧倒的な現実の前で、私は何をアドバイスすればよいのかわからなかった。実践を重んじる看護学で、専門外の私が発言できる余地はなかった。実習に直接関わっていない教員だからこそ相談できたのだと思うが、私は学生たちに自分なりの考えを語り、共感の言葉を与えることはできても、問題の真の解決策を提示することはできなかった。本当に相手の心に伝わる一言がいえない。私自身が社会経験に乏しかったこともある。だが看護系の教員と話して気づいた。彼らもまた新しい教育環境に悩み、疲れていたのである。

そして私は大学を辞めた。

ノーベル賞受賞者へのインタビュー記事を集めた『好きなことをやれ！』という本がある。子供向けの内容だが、私はそのタイトルがとても力強いと感じていた。大学でなくても科学はできる。日々の生活で疲弊するより、もっと好きなことをやりたいと感じて大学を辞職したのだ。もちろん心残りはあった。生涯ずっと実験研究者でいるつもりだったから、研究の現場を離れるのは残念だったが、何よりも学生と話す機会がなくなることが寂しかった。


——ときおり、私は読者の方からメールをいただく。

年に何十通と受け取るわけではない。小説家のもとへ届く意見などわずかなものだ。しかしその限られたメールの中に、こんな一言が添えられていることがある。

本を読んで、博物館に行きたくなりました。
空を見上げたくなりました。
理系を目指す決心をしました。

私の書いたどのフレーズが相手に届いたのかわからない。現実にはそこから先に文化の摩擦があるだろう。行動を起こすことで傷つき疲れるかもしれない。だがそういった読者の一言を見るたび、私は心が熱くなる。嬉しさと感謝の気持ちでいっぱいになる。

小説はたくさんの言葉でできている。私はたった一行に想いのすべてを籠めるのが苦手だ。無数の言葉を費やしてもまだ本当の気持ちを伝えられない気がする。決してこれからも詩人にはなれないだろう。だが好きなことをやって、好きなことを書いて、その中の一言がたまたま誰かの心に届く。そんなことが確かにあるのだ。

無数の言葉の中に、大切な一言はきっと宿るのだと思う。大切な一言を見つけ出すのは、自分ではなく相手なのだ。一行の価値は相手が決めるのだ。そう信じたいと思う。

もどかしいと感じるのは、無言であることよりずっといい。

（ダ・ヴィンチ　2003・9）

遥かなる白亜紀の大空

小学校を卒業してから一年間、父親の仕事の都合で家族一緒にアメリカのフィラデルフィアで暮らした。一九八〇年の春から翌年にかけてのことだ。

まだ海外が遠い時代だったと思う。渡航が決まっても外国で暮らすということがさっぱり実感できず、ただドラえもんから離れなければならないことだけが不安だった。

ちょうどシンエイ動画のTVアニメが始まり、私は毎回熱心に観ていたのだ。ドラえもんの映画化が決定し、その原作『のび太の恐竜』が三回連続で「コロコロコミック」に載った。あの頃「コロコロ」は熱気に溢れていたと思う。とにかくアメリカに行く間も読みたくて、毎月船便で送ってもらうよう本屋に頼んだ。

飛行機に乗るほんの数日前、なんとか時間をつくって父や妹と一緒に劇場へ足を運んだ。普段のTVでは考えられないほどダイナミックな演出に驚いた記憶がある。映画ならではの迫力に圧倒されたまま、その興奮をしっかりと胸に抱いて、私は家族と共にアメリカへ渡った。

向こうで日本との接点といえば、月に一度郵送されてくる「コロコロコミック」である。ところがこの船便がよく遅れた。二カ月待っても届かないことがあったし、内容物確認のためかナイフを突き刺した跡が付いていることもあった。それでも私にとって「コロコロ」はかけがえのない娯楽で、何度も何度も読み返したものだ。

アメリカでは三月ではなく九月に進学する。半年の小学校通いを終えてカトリック系の中学校に入ると、それまで身近にいた日本人の友達さえいなくなってしまった。ぼんやり授業を聞くだけの私を見かねて、ある日担任のシスターがいった。

「ヒデアキ、あなたは歴史や宗教の授業を受ける必要はないわ。そのかわり、毎回テーマを出すから、それについてのエッセイを書きなさい。英語を採点してあげましょう」

私は懸命に最初の課題をこなし、ルーズリーフを提出した。シスターが目の前で読み上げる。くすぐったい気持ちになった私を見て、シスターが驚きの笑みを浮かべて声を上げた。

「みんな！　ヒデアキが笑ってるわ！」

私は気付いた。いつからか私は無表情な少年になっていたのだ。

しばらくするとアメリカ人の友達もできたが、あのときのシスターの顔は忘れられない。シスターに励まされながら私はエッセイを書き続けた。振り返ってみると、アメリカで暮らしたあの一年間が、現在の私をつくったのだと思う。私は物語の基礎をドラえもんと「コロコロコミック」から学び、書くことの喜びをシスターから教わったのだ。

帰国して私はすぐに映画館へ行った。ちょうどそれは『のび太の宇宙開拓史』の最終上映会で、私はぎりぎり間に合ったのである。映画のエンドロールが終わり、劇場が明るくなり、他の観客がいなくなるまで、私は余韻に浸っていた。こうしてアメリカで暮らした一年間は、ドラえもんの映画で始まり、ドラえもんの映画で終わったのだ。

——いま『のび太の恐竜』のＤＶＤを観ると、白亜紀の空が実に遠く、広く、大きく描かれていることに改めて気づく。日常とかけ離れた世界が見事に表現されているのだ。白亜紀に来たのび太が、焚き火を前にこんなことをいうシーンがある。

「（一億年前の世界といわれても）ピンと来ないんだよな。なんかこう、感じが摑《つか》めないもんかな……。例えばさ、ぼくらがおじいちゃんの子供の頃の話なんか聞いてさ、遠いとおーい昔って気がしても、せいぜい六〇年前かそこらだろ」

ジャイアンが答える。

「そうすると、一億年を六〇で割って、おじいさんの、そのまたおじいさん……。もうぜんぜんわかんないよ！」

「そのくらいぼくらは大昔に来てるってことさ」

スネ夫の言葉を受けて、のび太は不思議そうに星を見上げる。それにつられるかのように、他のみんなも夜空を仰ぐのだ。

あの頃、のび太たちが冒険に出掛ける異世界は、何と遠かったことだろう。

ピー助の暮らす一億年前だけではない。ロップルくんのいるコーヤコーヤ星も、私たちの住んでいるこの世界からずっとずっと彼方にあった。最初はひみつ道具や偶然の力を借りて気軽に出掛けていても、いつしか帰れなくなったり、遠ざかったり、あるいは自ら振り切らねばならなかったりして、そこで得たかけがえのない友達とも永遠に別離しなければならなかった。アメリカにいたとき、日本が遥か遠くに感じられたように。日本に帰ったとき、アメリカで得た友達が信じられないほど遠くに感じたように。

大長編ドラえもん「のび太の恐竜」より　©藤子プロ・小学館

以前、『八月の博物館』という小説を書いたことがある。舞台のモデルは私が当時住んでいた瀬名という町だ。主人公である小学六年生の少年はドラえもんが大好きで、将来は小説家になりたいと思っている。彼は夏休みの間に時空を超えた冒険に出掛け、そしてそれが終わったとき、かけがえのない友達と別れる。ラストシーンで彼は夏休みの最後の空を見上げるのだ。当時の自分の気持ちを託したつもりだった。おこがましくも私は物語の後に「本書を藤子・F・不二雄先生に捧げる」という一文を書き入れた。

中学生の頃、実は「ポケットの中に」という主題歌があまり好きではなかった。むしろ「心をゆらして」や「だからみんなで」のような大人びた歌い方の主題歌に、映画らしさを感じていた。『のび太の宇宙小戦争《リトル・スターウォーズ》』の「少年期」も素晴らしい。だがいまになってみると、映画第一弾のためにつくられたこの曲こそが、ドラえもんの世界観をもっとも的確に表現していたことに気づく。いや、もっと正確にいうなら、私にとってのドラえもんの世界観だ。ひょっとしたらある世代でなければこの感慨を共有してもらえないかもしれない。だがこの曲を一二歳のときに聴けたのは幸せだったと心から思う。私はドラえもんから「友達」というものの本当の意味を教わり、その友達と一緒に「とっても遠くて近い世界」へ旅することの素晴らしさを教わった。

私が生涯をかけてできることはただひとつしかない。私のポケットの中に広がる世界を、なんとか自分の手で、自分の文章で、ひとりでも多くの人に伝えることである。ピー助の声が谺《こだま》する、あの遠い遠い一億年前の大空を、自分の力で描き続けることである。

（藤子・F・不二雄ワンダーランド　ぼく、ドラえもん。01号　2004・3）

初出一覧

1章

次世紀の脳科学を考える　「東京新聞」一九九七年一〇月六、一三、二〇、二七日夕刊
科学が語る死、人間が感じる死　「ナーシングトゥデイ」（日本看護協会出版界）、一九九八年七月
ミュージアムの躍動とサイエンスライティング　「遺伝」（裳華房）、二〇〇〇年六月
未来の「博士」たちの図書館　「図書館の学校」（NPO図書館の学校）、二〇〇一年五月
教養——リンクする「底力」　「曙光」（東北大学学務審議会）、二〇〇一年一〇月
アトムは03年4月7日に生まれた　「文藝春秋」（文藝春秋）、二〇〇三年四月
思いが残る　「図書」（岩波書店）、二〇〇四年六月
ロボット——あした創る「大使」　「読売新聞」二〇〇五年一月五日夕刊
社会を信ずるロボット、科学を信ずるヒト　WEBサイト「en」（塩事業センター）、二〇〇五年一月

2章

「日本経済新聞」夕刊、連載〈プロムナード〉二〇〇二年七月二日〜十二月二四日

3章

金沢工業大学公開講座「実験空間〝創造学〟」　二〇〇五年一月一九日

4章

「遊歩人」（文源庫）、連載〈顕微鏡のコスモロジー〉二〇〇三年六月〜〇五年五月

5章

秘蔵の朗読テープ5本　「The Sneaker」（角川書店）、一九九五年一〇月
記憶の中の緑　「Sneaker Street Theater」（角川書店）、一九九六年二月
今こそディーン・クーンツに注目せよ！　「ブルータス」（マガジンハウス）、一九九六年五月一五日
『パラサイト・イヴ』映画化によせて　映画『パラサイト・イヴ』パンフレット、一九九七年二月
校庭の火の鳥　「キャリアガイダンス」（リクルート）、一九九七年四月
胸に残った三つの励まし　「キリカミアキラ」（高橋克彦ファンクラブ）、一九九七年七月
「21世紀少年」のための科学　「科学」（岩波書店）、二〇〇一年四／五月合併号
本の扉を見つけるために　「ハヤカワ文庫夏のブックパーティ解説目録」（早川書房）、二〇〇一年七月
小説化魂を刺激する脚本家　「エスクァイア」（エスクァイア　マガジン　ジャパン）、二〇〇二年三月
渡り鴨とインフルエンザウイルス　「野鳥」（日本野鳥の会）、二〇〇三年六月
真夜中にチャイムが　「小説宝石」（光文社）、二〇〇三年八月
愛と段落　「キリカミアキラ二〇周年記念特別号」（高橋克彦ファンクラブ）、二〇〇三年八月
一言が伝えられない　「ダ・ヴィンチ」（メディアファクトリー）、二〇〇三年九月
遥かなる白亜紀の大空　「藤子・F・不二雄ワンダーランド　ぼく、ドラえもん。」（小学館）、二〇〇四年三月

著者について
瀬名秀明（せな・ひであき）
一九六八年静岡生まれ、仙台在住。小説家。薬学博士。九五年、大学院在籍中に執筆した小説『パラサイト・イヴ』（角川書店）で日本ホラー小説大賞を受賞、一五五万部のベストセラーとなる。九八年に発表した『BRAIN VALLEY』（新潮社）で第一九回日本SF大賞を受賞。理系／文系の枠を超えた作家として話題になる。サイエンスライター／科学解説者としても活躍。現在、東北大学機械系特任教授。
『デカルトの密室』（新潮社）、『ハル』（文藝春秋）、『第九の日』（光文社）、対談集『科学の最前線で研究者は何を見ているのか』（日本経済新聞社）ほか著書多数。

おとぎの国《くに》の科《か》学《がく》
二〇〇六年八月三〇日初版
著者　瀬名秀明
発行者　株式会社晶文社
東京都千代田区外神田二‐一‐一二
電話東京三二五五局四五〇一（代表）・四五〇三（編集）
URL http://www.shobunsha.co.jp
中央精版印刷・美行製本